Née en 1976, Léonor de Récondo vit à Paris. Violoniste virtuose, elle se produit régulièrement avec de nombreuses formations, comme Les Talents Lyriques, La Petite Bande ou L'Yriade, ensemble de musique baroque qu'elle a fondé en 2004. Elle a également enregistré des CD et des DVD.

DU MÊME AUTEUR

La Grâce du cyprès blanc
Le Temps qu'il fait, 2010

Pietra viva
Sabine Wespieser éditeur, 2013

Léonor de Récondo

RÊVES OUBLIÉS

ROMAN

Sabine Wespieser Éditeur

TEXTE INTÉGRAL

ISBN 978-2-7578-3435-0
(ISBN 978-2-84805-107-9, 1re publication)

Pour Félix et Hector,
afin que les souvenirs de l'un nourrissent
la mémoire de l'autre

De cette terre qui sait
Un éclair jaillira
Dans le soir naissant

Sôseki
Haïkus

Aïta est assis sur le lit défait, il tient sa tête entre ses mains. Partir maintenant. Ces mots martèlent sa pensée. Partir maintenant à Irún. Il se lève, fait quelques pas dans la chambre. Il jette un coup d'œil distrait au miroir qui surplombe la commode. Il scrute un instant cette vie qu'il laisse. Pour combien de temps ? Quelques mois, tout au plus. Le temps de retrouver Ama et les enfants.

Être ensemble, c'est tout ce qui compte.

Il s'approche de la commode et prend une des photos encadrées, celle qu'il préfère, celle qu'il regarde chaque soir avant de se coucher. Il y a Ama et son sourire, Ama et leurs trois fils. Le petit est dans ses bras, les deux autres s'accrochent à sa jupe. Bonheur furtif, piégé sur du papier, volé par lui un après-midi ensoleillé, alors qu'ils se promenaient dans les jardins d'Aranjuez, cette ville qu'il doit quitter. Il sort la photo de son cadre en verre biseauté. Il la caresse du regard, puis la glisse dans la poche de sa chemise.

Être ensemble, c'est tout ce qui compte.

Mais comment partir sans se faire tuer ? Un léger rire secoue ses épaules, il n'avait jamais imaginé se poser un jour une telle question. Et pourtant, cette réalité est bien là.

Aïta revoit la scène du restaurant qui s'est déroulée quelques instants auparavant.

Lui est installé à sa table habituelle, deux hommes se sont assis au bar. Ils parlent fort, méprisant tous ceux qui les entourent. Ils sont entrés sûrs de leur fait et commandent deux verres à Miguel. Puis encore deux.

Aïta ne les écoute pas, il mange en lisant le journal comme il le fait chaque jour quand Ama et les enfants séjournent à Irún. Les nouvelles sont mauvaises, le Pays basque tombe aux mains des franquistes. S'il ne se sent pas directement menacé à Aranjuez, il sait que le danger pointe pour la famille d'Ama. L'éloignement lui pèse.

Comment vont-ils ?

Miguel lui apporte un café serré, il y plonge trois sucres. C'est trop, tu vas te rendre malade, dirait Ama, son amour. Il sourit. Les voix moqueuses des deux types le sortent brutalement de sa rêverie.

– Tu vois celui qui boit son café près de la fenêtre, on se le fait. C'est un vendu, un directeur, un bourreau d'ouvriers !

Aïta les regarde sans comprendre tout à fait. Ce doit être de lui dont ils parlent puisqu'il boit un café et qu'il est près d'une fenêtre.

Les deux types sont éméchés, énervés. L'un d'eux écarte les pans de sa veste et laisse insidieusement briller la crosse de son pistolet.

J'ai ce qu'il faut pour te tuer.

Maintenant Aïta a tout à fait compris, mais il prend le temps de finir son café, allant jusqu'à racler avec sa cuillère le reste de sucre collé au fond de la tasse. Puis il se lève, laissant délibérément sa veste sur le dossier de sa chaise, et se dirige vers les toilettes au fond de la salle. Un jour, Miguel lui a montré une porte qui mène du jardin à la rue, alors Aïta saute par la fenêtre des toilettes. Il se cache quelques instants derrière les hortensias, puis passe la petite porte et se retrouve rapidement sur le trottoir d'en face.

Arrivé en bas de sa maison, il monte quatre à quatre les marches de l'escalier qui mènent à sa chambre, puis claque la porte derrière lui. Il est maintenant assis sur son lit. Ce lit qu'il ne fait plus.

Depuis le départ d'Ama et des enfants, les jours se suivent, identiques. Il se lève tôt, part à la fabrique de céramique, contrôle les directives des contremaîtres, va manger chez Miguel puis retourne travailler, pour finalement rentrer le soir épuisé.

Rarement dans sa chambre à cette heure-là, il se laisse surprendre par la lumière blanche qui inonde la pièce, par la force du soleil qui frappe de plein fouet les petits carreaux soufflés où sont restées emprisonnées de minuscules bulles d'air, souvenirs figés d'un homme.

Aïta ferme un peu les persiennes. Les deux types sont en bas. Une voix éraillée monte jusqu'à lui.

– On a tout notre temps, on t'attendra tout le jour, toute la nuit s'il le faut, mais on t'aura !

Partir maintenant. Mais comment partir discrètement, sans se faire tuer ?

Il pose sa main sur la poche de sa chemise. La photo est là. D'abord, se calmer et réfléchir. Le canari siffle dans sa cage.

Je t'avais oublié. As-tu une idée, Txori ?

L'insouciance et le jaune éclatant de l'oiseau le font sourire. Aïta regarde à nouveau par la fenêtre. Ils sont toujours là. La rue est passante, c'est l'heure du déjeuner, et les gens vont tranquillement d'un troquet à l'autre. Une idée surgit. Et s'il fallait être tout sauf discret ? Les deux types n'auraient pas le courage de le tuer en pleine rue, à la vue de tous.

Oui, c'est cela : être le plus extravagant possible. Et toi, Txori, tu vas m'aider.

Aïta maintenant se presse, se déshabille, cherche dans l'armoire son costume le plus beau, prend celui de lin blanc aux plis parfaits et choisit aussi une chemise de soie vert foncé. Il pose les vêtements sur le lit, les examine en pensant au nouvel homme qu'il va devenir, aux railleries qui vont peut-être le sauver. Txori bat des ailes dans sa cage, impatient de voir la transformation s'opérer.

Je dois me calmer, se dit Aïta.

Il prend de grandes inspirations, s'habille soigneusement, puis s'approche du miroir. Il est beau, la couleur blanche met en valeur sa carrure et sa taille. Dans la rue, il dépasse toujours les autres d'une demi-tête.

Il est prêt, il doit partir et leur faire face. Il sort la photo de la poche de son ancienne chemise et la glisse dans la nouvelle.

Vous êtes sur mon cœur. Être ensemble, c'est tout ce qui compte.

Il met son panama et jette un dernier coup d'œil sur cette chambre qui a abrité ses rêves et son amour, qui a vu naître deux de ses fils. Il n'emporte rien. Txori siffle.

Toi, tu viens avec moi.

L'homme qui descend l'escalier avec à la main une cage à oiseau marche vers sa mort. Peut-être parviendra-t-il aujourd'hui à l'éviter grâce au chant bienveillant de Txori. Mais demain ? Et qu'en sera-t-il de cette guerre qui commence, de cette haine qui les ronge tous ?

L'homme à l'élégance désinvolte qui s'apprête à ouvrir la porte de sa maison marche la tête haute. Il sait ce qui l'attend. À peine dans la rue, les quolibets fusent.

– Mais pour qui se prend-il celui-là ? Comme il est ridicule avec sa cage !

Aïta marche lentement, se délecte de cette promenade. Il n'a que quelques rues à parcourir avant de rejoindre la gare. Les deux types sont derrière lui, il ne les voit pas, mais il sent leur regard percer son dos.

Aïta prend même la peine de sourire à ceux qui lui disent en riant :

– Ce n'est pas après les femmes que tu cours, toi ! Homosexuel ! Dépravé !

Aïta sourit toujours, il ôte son chapeau, saluant les uns et les autres de façon grotesque. Il attire ainsi de plus en plus de monde autour de lui. Derrière son épaule, les deux types marmonnent :

– Qu'est-ce qu'on fait ? Il y a trop de monde.

La gare est maintenant au bout de la rue.

Un passant lui envoie un caillou dans le dos et s'écrie :

– Tu n'as pas honte avec ton canari et ton habit de carnaval ? L'Espagne en est là à cause de gens comme toi !

Ne pas se retourner, avancer.

Il entre dans la gare, va au guichet. Le fonctionnaire l'observe, moqueur.

– Quand part le prochain train pour Irún ? demande Aïta.

– Dans dix minutes.

– Une place en première, s'il vous plaît.

– Mais bien entendu, cher monsieur.

La réponse est mielleuse. Aïta touche la photo.

Vous êtes sur mon cœur, je me rapproche de vous.

Il prend son billet et se mêle à la foule qui grouille sur le quai. Il regarde furtivement derrière lui. Les deux types ont disparu comme il l'avait prédit. La sueur perle sous son panama. Il a survécu jusque-là.

Étrangement, personne dans la gare ne s'intéresse à son allure. Les gens, pris par l'excitation du voyage, n'observent plus ce qui les entoure. Seuls les policiers qui font les cent pas sur le quai d'en face le montrent du doigt en riant. Aïta tient fermement la cage de Txori qui n'a pas cessé de chanter, il n'écoute rien d'autre que ce sifflement familier, joyeux.

Le train entre en gare. Aïta s'installe, la cage sur les genoux. Les paysages défilent, les heures passent les unes après les autres sans que personne n'ose déranger le canari chanteur et l'homme au regard fiévreux, au visage ravagé par la mélancolie. À la pensée obnubilée par l'espoir d'embrasser promptement les siens.

Il arrive à Irún en début de soirée. À peine sorti du train, Txori cesse de siffler. Un frémissement inhabituel agite la ville. Aïta et l'oiseau l'ont ressenti immédiatement. Les gens se pressent, personne ne les remarque, les bouches sont crispées, les esprits perdus vers des horizons invisibles. Aïta court, le chapeau dans une main et la cage dans l'autre. Un pressentiment lui serre le cœur. Il court aussi vite qu'il le peut.

Quand il entre dans la maison, il n'est accueilli ni par des rires, ni par des baisers. Seul le silence l'étreint. Il se précipite d'une pièce à l'autre. Personne.

Le gâteau d'anniversaire est encore sur la table. Une odeur de peur et de cannelle imprègne les murs.

Où sont-ils ?

Ama s'est levée tôt ce matin-là pour préparer le gâteau de riz. Aujourd'hui, c'est l'anniversaire de Zantzu, et elle veut que le gâteau ait le temps de refroidir avant le déjeuner. La maison est silencieuse, tous dorment encore. Ama adore ces instants de solitude qui précèdent le vacarme et les bousculades matinales. Elle pense à Aïta, dans dix jours il sera là et ils pourront enfin profiter ensemble de la fin de l'été. Elle mélange avec patience le riz, le lait chaud, le sucre et la cannelle.

Deux mois que je ne l'ai pas vu.

Tous les étés, c'est la même chose. Otzan, l'aîné de ses trois fils a attrapé, très jeune, le paludisme, et depuis, de peur que les autres ne soient contaminés, ils fuient dès qu'ils le peuvent la région marécageuse d'Aranjuez. Ils viennent ici à Irún, dans cette grande maison où vivent ses parents à elle et deux de ses frères.

Elle continue de tourner la spatule dans la casserole en cuivre, il ne faut pas que le riz attache. Elle n'entend pas Iduri arriver. Le plus jeune de ses fils a quatre ans, et elle sursaute lorsqu'il s'agrippe soudain à ses jambes. Il rit de sa blague en cachant son visage dans sa jupe.

– Bonjour, Iduri, comme tu es matinal !

– Oui, je suis venu voir les avions.

Le petit adore regarder par la fenêtre les avions allemands survoler la ville. Le gâteau de riz est prêt, il faudra juste le laisser sécher au four.

Si Iduri s'est levé, les autres ne vont pas tarder. Ama pose sur la grande table les tasses et les assiettes, prépare la cafetière, coupe du pain, sort le miel et les confitures. C'est elle le matin qui s'occupe de tout cela, la bonne n'arrivant que vers dix heures.

Ama se retire ensuite dans sa chambre pour faire sa toilette et s'habiller. Ce jour-là, elle jette son dévolu sur une robe sombre et de longues boucles d'oreilles en or. Elle possède beaucoup de bijoux et aime à en changer. Comme c'est aujourd'hui le septième anniversaire de Zantzu, son deuxième fils, elle les choisit avec plus de soin encore et passe à son doigt délicat une bague sertie d'une belle perle et de deux diamants. Ses yeux passent de son reflet dans le miroir au portrait d'Aïta posé sur sa coiffeuse.

Plus que dix jours, mon amour.

Elle entend la porte d'entrée qui claque. Ce doit être son père qui va chercher le journal.

Parviennent aussi jusqu'à elle les discussions animées de ses frères. « Les oncles », comme on les appelle depuis la naissance des enfants, n'ont pas encore trouvé d'épouses, et cela fera bientôt quarante ans qu'ils vivent là, dans la maison familiale.

Des petits pas montent fébrilement l'escalier. Iduri entre en trombe dans la chambre.

– Ama, les avions vont arriver, je les entends, viens !

Elle court à la fenêtre de la salle à manger avec lui, c'est là qu'on les voit le mieux. Les appareils suivent toujours le même parcours. Elle ouvre grand les battants et prend Iduri dans ses bras. Les avions approchent, le bruit est assourdissant. Le petit frappe dans ses mains et crie :

– Les avions, les avions !

Une légère peur froisse le cœur d'Ama. Iduri aussi a peur, mais il ne peut résister au plaisir de ces instants furtifs et violents.

Le vrombissement des avions passé, on n'entend plus dans la pièce que le grésillement de la radio. C'est Otzan, l'aîné âgé de dix ans, qui vient de l'allumer pour écouter son émission préférée : des retransmissions de musique classique. À onze heures, chaque matin du mois d'août, il colle son oreille au poste afin de ne perdre aucune note des concerts diffusés. Ce qu'il aime par-dessus tout, c'est le piano. Souvent, dans ces moments-là, il contemple avec mélancolie ses mains fragiles, blanches, très légères. De vraies mains de pianiste, disent les oncles. Mais personne ne prend au sérieux son désir de jouer de cet instrument, et son tempérament n'est pas à forcer les choses. Alors, faute de mieux, ses oreilles errent au gré des caresses laissées par d'autres sur ces claviers invisibles. Et la pensée d'Otzan s'évade ainsi loin des avions, loin du gâteau qu'Ama sort aujourd'hui du four.

Zantzu est assis près de son frère et ouvre ses cadeaux avec frénésie. Il découvre d'abord un jouet. Une sorte de petite tour en bois dotée d'une rampe coulissante en colimaçon où peut glisser une bille. Il examine l'objet un instant et s'en désintéresse aussitôt. Iduri, qui a tout observé avec avidité, saute de joie.

– Dis, tu me le prêtes ?

– Oui, oui, vas-y.

Zantzu n'aurait jamais prêté aussi facilement son deuxième cadeau : un livre illustré sur les constellations. Il adore les livres et sait que tout le savoir du monde s'y cache. Alors, si on ne les lui donne pas, il les prend où il peut : dans la chambre de ses parents, chez les oncles. Il reste aussi des heures dans la librairie du bas de la rue en pensant à tous ceux qu'il s'achètera quand il le pourra, quand il sera grand.

Soudain, on frappe à la porte d'entrée.

Un des oncles va ouvrir. Un homme haletant lui glisse quelques mots à l'oreille, puis l'oncle Sebastián ferme la porte brusquement. Il se dirige vers Ama et lui dit de se préparer. Il faut partir tout de suite.

– Comment cela, partir tout de suite ?

– Paco nous prévient qu'ils viennent pour nous fusiller tous, du petit au grand-père.

Le temps se fige. Les trois enfants ont relevé la tête dans un même mouvement. Sans comprendre, ils ont senti que la vie basculait.

Les mains d'Ama se mettent à trembler. Sa première pensée est pour Aïta. Brièvement, elle voit son visage, puis, prise de panique, elle ordonne aux enfants d'aller dans l'entrée et de mettre leur veste, elle monte ensuite chercher sa mère et son père qui lisent le journal dans leur chambre. Elle avertit aussi la bonne.

– Nous partons pour quelques heures, faire un pique-nique, bredouille-t-elle.

– Vous ne prenez pas le gâteau de riz ? s'étonne la bonne.

– Non, laissez-le sur la table pour notre retour.

L'oncle Sebastián lui a dit de prendre quelques bijoux, pas de vêtements. Ils doivent passer la frontière dans la plus grande discrétion. Avoir l'air de se promener, a-t-il ajouté. Ama met à son cou ses colliers les plus précieux et les cache sous son col. Dans un tout petit étui, elle glisse quelques bagues et des boucles d'oreilles.

Elle regarde sa chambre d'un air hébété. Reviendra-t-elle ? Oui, elle le veut, dans une semaine peut-être.

Les enfants attendent dans l'entrée, n'osant pas bouger de peur de froisser un peu plus le destin qui s'est soudain abattu sur eux. Les grands-parents sont prêts eux aussi. Le grand-père, le regard hagard, ne perd pourtant pas sa verve et explique que tout est de la faute de cette satanée politique.

– Mais, tu verras, ce n'est qu'une question de jours. Nous reviendrons ! Ne t'inquiète pas, finit-il par dire à sa femme.

Les oncles ont caché dans leur chemise les derniers dossiers arrivés de France en contrebande.

Sourire, n'avoir l'air de rien et mettre tous ces papiers en sécurité.

Avant de partir, Ama va voir la voisine et lui dit :

– Nous allons à Hendaye quelques jours, chez Mademoiselle Églantine. Si Aïta arrivait plus tôt que prévu, pourriez-vous le prévenir ?

Elle ne se doute pas qu'il aura l'information le soir même.

Ils sont maintenant sur le pont qui traverse la Bidassoa, entre Irún et Hendaye. Toute la famille, sourires cloués aux visages, marche groupée. Des policiers les arrêtent.

– Où allez-vous ?

– Nous allons pique-niquer sur les berges du fleuve, c'est l'anniversaire du petit.

– C'est bon, passez.

Et ils avancent, les trois frères se tiennent par la main. Iduri, le plus petit, se laisse traîner. Il regarde ses pieds et il a peur, beaucoup plus que lorsqu'il observe les avions par la fenêtre. Il n'a jamais eu la gorge aussi serrée. Il crache la salive qu'il n'arrive plus à avaler. Puis il regarde à nouveau ses pieds et se laisse tirer par les autres.

– Avance, Iduri, avance !

Du passage de la frontière, il ne voit que les confettis ramassés par ses sandales. La fête du 15 août a laissé des souvenirs colorés s'amonceler dans les caniveaux français. Iduri fouette les petits bouts de papier avec ses pieds. Il aimerait en mettre quelques-uns dans sa poche, mais la main d'Otzan le tient fermement.

– Ce n'est pas le moment, lui ordonne la voix brisée de son frère aîné.

Au loin, on entend une fanfare.

18 août 1936

Qu'avons-nous fait ? Pourquoi nous en veulent-ils tant ?

Aïta, où es-tu ? Je me suis sentie si seule. J'ai trouvé ce petit carnet dans un tiroir, il était vierge, oublié. J'écrirai chaque jour jusqu'à nos retrouvailles, pour que tu saches. Je consignerai tout.

Nous sommes chez Mademoiselle Églantine. Andrés l'avait informée de notre arrivée. Elle nous a laissé tout le rez-de-chaussée de sa grande maison. Nous sommes au mieux, mais j'ai le ventre noué.

Aïta, tu me manques !

– Je ne sais rien de plus, Ama semblait très agitée.

Aïta sent que la voisine hésite, qu'elle n'ose pas poursuivre.

– Que savez-vous d'autre ? Dites-le-moi, s'il vous plaît.

– Eh bien, voilà, reprend-elle en se tordant les mains à s'en faire blanchir les phalanges, des hommes sont venus cet après-midi. Ils ont frappé à votre porte, en criant : « Ouvrez, ouvrez ! » Après plusieurs tentatives, ils ont sonné chez moi. J'avais peur, je n'ai pas ouvert. De derrière la porte, je leur ai demandé ce qui les amenait. « Sais-tu où ils sont ? » m'ont-ils demandé. J'ai répondu que toute la famille était partie pour quelques jours. « Dis-leur qu'on reviendra, qu'on ne les lâchera pas. »

Aïta est blême.

– Maudite journée, marmonne-t-il.

La voisine reste figée dans l'entrebâillement de sa porte, Aïta n'apprendra rien de plus. Il la remercie alors poliment et rentre rapidement dans l'appartement vide.

Maintenant il comprend leur départ précipité, le gâteau laissé sur la table. Quelqu'un a dû les prévenir du danger et ils sont partis aussitôt. Il va dans la cuisine et s'en coupe une part.

Ama, ton gâteau de riz est toujours aussi bon.

Il erre dans la maison, se demandant ce qu'il pourrait emporter. Il prend finalement un de ses couteaux préférés au manche en buis et à la lame bien affûtée, un jouet en bois ainsi qu'un livre laissés sur le tapis du salon.

Il entre dans leur chambre, celle d'Ama, la sienne aussi quand ils sont là tous les deux. Il se déshabille, change son costume pour un plus discret, un gris en fil fera parfaitement l'affaire. Il cherche ensuite une petite boîte dans laquelle Ama range leur correspondance amoureuse. Au hasard, il en sort trois lettres qu'il glisse avec la photo dans la poche de sa chemise. Il lui reste tout juste assez de place pour un petit étui en cuir contenant quelques bijoux.

Je ne peux rien prendre de plus, il me faut passer la frontière sans bagages. L'argent ? Il m'en reste encore un peu.

Il serait imprudent de rester dans l'appartement plus longtemps, il est aussi trop tard pour passer le pont, mais Aïta connaît un hôtel, dans un autre quartier, où il pourra se reposer en sécurité jusqu'au lendemain matin, jusqu'à l'aube, où il partira pour Hendaye.

Alors qu'il est plongé dans ses pensées, le sifflement de Txori le fait sursauter.

– C'est grâce à toi que je suis arrivé ici sain et sauf !

Aïta libère l'oiseau qui tournoie joyeusement dans la cuisine.

– Je ne t'oublierai pas, dit-il en ouvrant grand la fenêtre.

Il est huit heures du matin lorsque Mademoiselle Églantine, étonnée d'avoir une visite si matinale, ouvre la porte de sa maison.

– Aïta, c'est vous ! Entrez vite, ils vont être si heureux !

La voix de la jeune femme résonne dans la grande entrée.

– Ama, il est là, venez !

Ama se précipite, oui c'est bien lui, elle n'en croit pas ses yeux.

– Aïta, mon amour.

– Ama, le temps était si long.

Derrière eux, des petits pas accourent, ils sont là tous les trois : Otzan, Zantzu et le petit Iduri, à la fois heureux et gênés devant ce père qu'ils n'ont pas vu depuis deux mois.

Aïta prend Iduri dans ses bras et l'enfant murmure à son oreille :

– J'ai eu peur, tu sais.

– Je sais, mais ne t'inquiète plus. Nous sommes en sécurité maintenant.

Puis ils vont tous ensemble boire un café dans la grande cuisine. Les oncles et les grands-parents les rejoignent.

L'émotion bouscule les visages et les paroles. Chacun, tour à tour, raconte ce qui s'est passé la veille. Si Aïta a eu affaire à deux fous alcoolisés à l'affût de patrons avides et vénaux, le reste de la famille, à cause des activités politiques des oncles, est bel et bien interdite de séjour à Irún dans l'immédiat. Aïta relate les derniers mots de la voisine. La mise en garde de Paco était bien justifiée.

Pendant que les adultes parlent, les enfants jouent sur le sol, assis sur les froides tomettes de terre cuite. Iduri, ravi d'avoir retrouvé la petite tour en bois, y glisse de minuscules boulettes de papier qu'Otzan lui confectionne patiemment. Zantzu fait semblant de lire le livre des constellations, mais ce qui l'intéresse véritablement, c'est ce qui se trame entre les adultes, ce qu'ils se racontent, les raisons de leur départ, le rôle de la politique.

Pourquoi les idées sont-elles si dangereuses ?

Les tasses se vident, les mots se tarissent. Malgré l'amertume qui s'immisce dans leurs cœurs, ils doivent maintenant accepter que ce séjour à Hendaye sera un peu plus long que prévu.

Organiser une nouvelle vie ici.

Mademoiselle Églantine leur prête le rez-de-chaussée de sa maison pour aussi longtemps qu'ils le souhaitent, la contrepartie étant qu'Aïta fasse revivre l'immense jardin clos. Elle sait qu'il est un magicien de la nature. Ce qu'il plantera poussera. Il lui donnera la majorité de la récolte, le reste ils pourront le garder pour eux. Les oncles laissent aussi entendre qu'ils parviendront bien, en reprenant leurs activités, à trouver un peu d'argent.

– Et l'école pour les enfants ? s'inquiète Ama.

– Iduri n'a que quatre ans, il peut encore aller à l'école des filles que dirige Mademoiselle Églantine. On trouvera, pour les deux autres, des cours particuliers.

Aïta la surprend avec ses réponses apaisantes.

Les grands-parents observent de loin ces conversations, toute cette vie qui s'agite autour d'eux. Ils sentent bien qu'ils font partie de cet exil naissant et pourtant ils ne peuvent empêcher leur esprit d'être encore là-bas, à quelques kilomètres.

Le grand-père s'est promené dans ce nouveau jardin en friche. Ses idées ressemblent à cet enchevêtrement de plantes. En se frayant un chemin d'une allée à l'autre, il s'est demandé en quoi le sol sur lequel il marchait était si différent de celui qui est de l'autre côté de la Bidassoa. C'est le même peuple ici et là-bas, c'est la même langue, et pourtant sa vie, ses pensées, ses racines à lui sont incrustées dans le sol espagnol.

La lumière d'en face est plus belle, plus chaude, le vent y est plus doux, plus accueillant, l'atmosphère y est plus exaltante, plus insouciante. Une larme discrète perle au coin de son œil.

La nostalgie et l'ennui entrent lentement dans le cœur de cet homme dont la vie n'avait, jusque-là, jamais été bousculée. Le destin l'ébranle à l'hiver de ses jours, alors qu'il pensait se reposer tranquillement sur les quelques lauriers qu'il avait patiemment amassés.

15 septembre 1936

Presque un mois que nous sommes là. Je n'arrive pas à y croire. Dire que je pensais ne rester que quelques jours !

L'existence de ce petit carnet m'était complètement sortie de la tête. Comme Aïta nous a rejoints dès le lendemain de notre arrivée, je n'avais aucune raison d'y consigner des informations.

Pourtant, je sens qu'écrire pourrait m'aider à mieux comprendre cette situation et, si ce n'est à la comprendre, du moins à l'accepter. Le geste machinal de plonger la plume dans l'encrier me procure un léger réconfort. Une sensation connue, contrôlée, si loin de ce que j'éprouve ici à longueur de journée.

Mais pourrai-je seulement écrire sans trembler ? Pourrai-je expliquer le chavirement de nos vies ? Ces petites feuilles quadrillées résisteront-elles à la tempête qui s'est abattue sur nous ?

Nous nous arrimons aux instants sans baisser le regard. Avec une désinvolture qui souvent me semble désespérée, nous feignons de ne pas remarquer les déferlantes qui nous entourent.

Il y a aussi ce sentiment absurde qui nous habite : nous nous sentons en terre étrangère, alors que nous sommes juste en face de la nôtre. Cette réalité me donne parfois une sauvage envie de rire.

Car, à part les lieux, quel est le véritable changement ?

Ne sommes-nous pas les mêmes, avec le même amour ?

Nous parlons notre langue, les enfants s'amusent, même si j'ai remarqué une subtile évolution dans leur comportement : ils ne peuvent plus rester éloignés les uns des autres bien longtemps. Alors qu'Otzan aimait rêver en solitaire, je le vois maintenant à l'affût de ses frères. Zantzu délaisse plus facilement qu'avant ses livres pour jouer dans le jardin, où ils se poursuivent les uns les autres jusqu'à l'ivresse.

Que dire d'Aïta et de moi ?

Il me semble que nous avons oublié ceux que nous étions avant. Aïta tourne et retourne la terre, sème des légumes d'hiver en espérant récolter l'oubli. Son regard ne trahit aucune tristesse, aucun regret, son humeur est égale. Il me répète chaque jour : être ensemble, c'est tout ce qui compte.

Et moi ? Je suis là, accrochée à la plume.

25 septembre 1936

La voisine d'Irún nous a envoyé un colis. Elle est allée dans l'appartement et pense que, durant notre absence, il a été visité. C'est le verbe qu'elle a employé sur le petit mot glissé dans le carton. Elle tente de nous protéger par son choix délicat de vocabulaire.

Dans le colis, il y avait, entassés, des habits qui vont nous être bien utiles, quelques couverts en argent et un service à thé.

Qui pense encore à boire du thé ici ?

Je ne sais comment la remercier.

Qui aurait pu imaginer que la simple idée de manger avec nos fourchettes d'avant me donnerait, un jour, tant d'allégresse ?

J'ai même caressé les couteaux, les petites cuillères, tout ce qui venait avec, et il m'a semblé retrouver un peu de moi-même. La nostalgie est un sentiment bien étrange qui s'attache au plus futile.

La chair de l'âme tiendrait-elle à si peu de chose ? Au reflet de soi dans des cuillères à soupe ?

L'espoir surgit sur des chemins insoupçonnés. Moi qui pensais ne pas être attachée aux choses matérielles, me voici bouleversée à la vue d'un carton rempli d'habits mal pliés. C'est qu'ils ont l'odeur de là-bas, d'en face. C'est qu'ils sont encore empreints de notre bonheur passé, de notre insouciance frivole.

Je reprends ma plume en fin de journée.

Iduri est le seul à aller à l'école de jeunes filles de Mademoiselle Églantine. Et c'est accompagné de l'une d'elles qu'il est revenu cet après-midi à la maison. Son visage était dévasté par les pleurs. Il avait fait dans sa culotte, son pantalon et ses jambes étaient complètement souillés. La jeune fille est repartie. Iduri, transi de honte, tremblait dans l'entrée.

« Ama, excuse-moi, je n'ai pas su le dire, je n'ai pas su le dire en français, Ama. »

Il bégayait sans cesse ces mêmes mots.

« Ama, Ama, excuse-moi. Je n'ai pas pu me retenir. Ama, j'ai honte. Ama, je ne veux plus y retourner. »

Je l'ai consolé de mon mieux.

« Ne t'inquiète pas, mon petit. Tu vas apprendre très vite le français, plus vite que nous tous. »

Je l'ai lavé dans la bassine, enveloppé dans un grand drap, et je l'ai serré contre mon cœur.

Iduri, mon tout petit, c'est cela aussi l'exil. Ne pas savoir dire, ne pas être là où nous devrions. Et, à chaque instant, avaler cette honte indigeste qui nous brûle le ventre.

Depuis qu'il est arrivé à Hendaye, Aïta a vécu en posant les instants les uns à côté des autres. La fin de l'automne approche et il sent que ses mains s'engourdissent.

Combien de temps maintenant que je n'ai pas touché l'argile ou le grès ? Où en sont-ils à la fabrique de céramique ?

Il ferme les yeux et entend le crépitement du four lorsque la température grimpe jusqu'à figer les formes, jusqu'à accoupler les molécules pour que, dans une étreinte fusionnelle, elles ne fassent plus qu'un, donnant ainsi naissance à une coupe, un plat, un bol.

Les mains d'Aïta se frôlent furtivement, il sent la caresse de l'argile au creux de ses paumes lorsque le tour danse. La caresse est douce et légèrement collante lorsque c'est de la porcelaine, à peine rugueuse quand c'est du grès.

Aïta regarde ses mains inutiles, desséchées. Même si jusqu'ici il s'est forcé à ne pas y penser, il regrette son atelier, ses amis, ses contremaîtres.

Qu'en est-il des commandes ? La haine a-t-elle déjà tout saccagé ?

Il pourrait demander, se renseigner, plonger dans la brèche douloureuse de la curiosité qu'il sent naître en lui, mais il préfère ne pas savoir.

M'aveugler encore un peu, juste un peu.

Alors, il s'étourdit chaque jour avec la métamorphose d'une autre terre, celle du potager. Aïta l'a d'abord longuement retournée et ratissée, afin d'en connaître chaque recoin, chaque caillou, chaque promesse. Puis, septembre finissant, il a semé ce qu'il a pu : des carottes, des épinards, des navets, des fèves, mais aussi des laitues et des radis. Les enfants adorent les radis. C'est à celui qui en mangera le plus, à celui qui en plongera le plus grand nombre dans le petit monticule de sel préparé au creux de son assiette.

Aïta aime à se retrouver seul dans le jardin. Il a délimité les parcelles avec de la corde. Il faut maintenant attendre pour voir ce que donnera cette première récolte. Le dos courbé sur la terre, il pense à sa propre mère qui, forte de l'intelligence et des succès de ses huit autres fils, le regardait, lui le neuvième, lui le dernier, en lui disant d'un air à la fois désemparé et complice : « Toi, tu as mis ta pensée dans tes mains. »

Elle ne se trompait pas. Aïta ne peut avoir un avis sur les choses qu'après les avoir touchées. Et tout ce qui a trait aux idées ne l'intéresse pas. Il laisse volontiers aux oncles la manipulation des concepts. Ce qu'il aime, c'est contempler la nature s'épanouir, s'agenouiller chaque jour le long des allées et voir un bourgeon, une pousse vert tendre pointer sa fragilité vers le ciel. Ce qu'il aime, c'est sentir le bol naître dans ses mains, l'aider à trouver sa propre forme, ne lui imposer aucune volonté, le soutenir en l'entourant de ses paumes, le presser à s'extirper de la terre.

Aïta aime Ama de la même manière, sans l'ombre d'un raisonnement. Il l'aime, c'est tout. Il ne s'est pas demandé pourquoi ils avaient fui. Il a à peine ressenti l'injustice d'avoir tout laissé. Il aime cette femme de tout son corps, de toute sa pensée. Sa vie est là, près d'elle.

Aïta a la force du présent. Il déracine d'un coup de pioche les mauvaises herbes et le passé. Rien de tout cela n'existe. Les instants se nouent les uns aux autres jusqu'à ce que le fil s'épuise.

28 décembre 1936

Noël est à peine passé !

Qui pensait que nous réveillonnerions ici ?

Chaque jour, je me dis que demain nous aurons une bonne nouvelle. Celle qui nous dira que nous pouvons rentrer. Cette illusion m'aide à résister au temps, aux jours qui s'égrènent. Malgré cela, et même si plus rien ne nous appartient, le soir de Noël, réunis autour de la grande cheminée, nous nous sommes dit que nous étions heureux.

C'est un événement particulier qui a véritablement illuminé ces dernières heures : l'aménagement de la cave en atelier. Aïta a, en effet, réussi à se procurer un tour ! Lorsqu'il m'a annoncé la nouvelle, ses yeux étincelaient de joie. Les oncles ont, de leur côté, trouvé de l'argile. Nous avons bien nettoyé la cave qui, par chance, n'est ni trop humide, ni trop sombre.

Les hommes ont ensuite descendu le tour, et nous avons mis une grande planche sur des tréteaux pour que tous puissent s'y installer. Les enfants passent des après-midi entiers à sculpter des petits personnages, des catapultes, des chevaux, tout ce qui est nécessaire à l'organisation d'une bataille.

Aïta reste de longs moments près d'eux. Il a toujours un petit bout d'argile dans les mains qu'il malaxe, qu'il observe, qu'il presse entre ses doigts. Il n'a utilisé le tour qu'une seule fois, pour faire un bol très simple, très sobre. Il n'en avait jamais fait de similaire avant. Le bol sèche et va certainement se fendre.

Aïta m'a dit que ce n'était pas un bol pour boire, mais un récipient à rêves, où ce ne sont pas les lèvres qui se posent mais les yeux qui se perdent.

24 avril 1937

Le printemps est là depuis quelques jours. Après des semaines de pluie, le soleil se montre enfin. Aïta a réussi une prouesse avec le jardin, tout sort de terre. La friche s'est assagie, se transformant en parcelles bien ordonnées, crépitant sous les feux des différentes couleurs qui les habillent.

La vue de ce jardin si harmonieux nous emplit tous de quiétude. Chacun, ici, a su trouver une certaine paix intérieure. La grand-mère s'est remise au tricot et nous couvre de ses mailles chaleureuses et serrées. Elle s'installe sur un fauteuil près d'une fenêtre, elle regarde les passants tout en comptant inlassablement ses points. Elle glane des informations sur les uns, les autres et, à travers les carreaux, elle contemple une vie muette qu'elle interprète à sa guise. Le soir, elle nous fait part des dernières nouvelles.

Le grand-père, lui, s'est pris de passion pour les montres. Après avoir réparé, non sans mal, celle de Mademoiselle Églantine, il s'est déclaré horloger et, depuis, passe son temps la tête penchée sur ces petits mécanismes défaillants qu'il soigne avec minutie. Les voisins déposent maintenant régulièrement une montre, un réveil de voyage, tout ce qui donne l'heure, qui a des aiguilles et qui ne marche plus.

Les jours se succèdent. Nous lisons les journaux : la situation en Espagne ne fait qu'empirer. Nous avons abandonné l'idée de rentrer avant l'été. J'ai le cœur broyé quand j'apprends qu'une autre ville est tombée. Souvent ma mère et moi sanglotons dans la cuisine à l'abri des regards. En chuchotant, elle me raconte ses souvenirs de Madrid, de Tarragona, de Valencia, et je pleure la tête posée sur ses genoux, bercée par ces images ondoyantes, mêlées de parfums et de sang.

En général, nous évitons de parler de la situation entre nous, surtout pour les enfants, qui semblent avoir enfin trouvé un certain équilibre.

Depuis quelques jours, ils parlent français entre eux ! Ils ont tous appris cette langue à une vitesse incroyable. Surtout Iduri qui, l'air de rien et entouré de toutes ces jeunes filles, l'a assimilé sans difficultés. La maîtresse m'a pourtant dit qu'il passait plus de temps à regarder les nuages qu'à répondre aux questions.

Le dernier jeu qu'ils ont inventé consiste à parler le plus vite possible afin que personne dans la maison ne les comprenne. Il n'y a que moi qui peux rire de leurs farces. Combien je remercie aujourd'hui mes parents de m'avoir inscrite au lycée français pour mes études...

Mais j'écris, j'écris et j'oublie de donner l'information la plus importante : mes deux cousins nous ont rejoints. On était sans nouvelles d'eux depuis quelque temps. Ils étaient en prison en Espagne pour contrebande, ils se sont échappés et sont venus à la nage de Fontarrabie jusqu'ici. Malgré ces épreuves, ils sont en bonne santé, et nous avons parmi nous deux beaux jeunes hommes de vingt ans qui ont apporté avec eux un peu de là-bas et surtout beaucoup de rires et de joie.

Le soleil d'août frappe à la verticale la cour de récréation de l'école des filles, désertée pour les vacances depuis deux mois déjà. Tout est figé par la chaleur.

Sous le préau en bois, les trois frères discutent âprement.

– C'est moi qui le fais en premier ! déclare Iduri.

– C'est toujours toi ! se lamentent les deux autres.

Le petit n'écoute pas leur réponse, il a déjà claqué la petite porte en bois des toilettes derrière lui et se déshabille précipitamment. Quelques instants plus tard, il sort entièrement nu.

– Je suis prêt.

– Vas-y !

Et Iduri court, le corps à l'air, les yeux criblés de soleil, la pensée alerte, un cri de joie à peine caché dans sa gorge pour ne pas éveiller de soupçons. Le tour de la cour achevé, il retrouve ses frères et laisse éclater son rire.

– C'est à vous ! Zantzu s'enferme à son tour, enlève en quelques secondes tous ses habits et ouvre la porte, radieux.

– J'y vais !

Il s'élance les bras en croix, la peau caressée, bercée par la brise à peine humide qui émane de son corps en mouvement. Il emplit ses poumons de cette liberté, de ce plaisir insoupçonné. Courir nu à l'insu de tous.

Otzan attend, déjà dévêtu. Il veut lui aussi éprouver ce sentiment inouï. Avant de se jeter dans cette arène improvisée, un bref frisson parcourt ses membres. Puis, ses jambes se ploient et il court, ses foulées sont lestes et affranchies, riant à gorge déployée de son audace.

Oui, dans cette école de filles, je cours nu.

Il imagine toutes les têtes tressées, toutes les jupes plissées en rangs sagement ordonnés, et lui les bouscule, les provoque de son intrépidité.

Coralie, Jasmine, Marie, Thérèse et Jacqueline, je vous frôle et je ris de voir vos visages indignés.

Les trois garçons sont hilares devant les toilettes. Ils ne peuvent s'expliquer l'exaltation qui les envahit lors de ces courses impromptues. Dès qu'ils le peuvent, aux heures les plus chaudes, quand les autres sont alanguis par la sieste, ils viennent, comme ils le disent eux-mêmes, faire un tour de cour.

Un jour à la fin de l'été, leur aventure s'arrête. Quelqu'un est venu voir Ama pour les dénoncer.

– Tes enfants courent nus dans la cour de l'école.

Elle reste interloquée par la nouvelle, puis elle promet que cela ne se reproduira plus. Elle n'en parle ni à Aïta, ni à la famille. Mais le soir, après l'histoire, avant d'embrasser ses enfants déjà couchés, elle leur dit discrètement qu'elle sait, qu'il ne faut plus le refaire. Du jour au lendemain, ils cesseront, mais garderont gravée dans leur peau la caresse vibrante du vent.

Après le dîner, le cousin Juan demande à Iduri de s'asseoir près de lui. Ils ont pris l'habitude de se retrouver autour d'une feuille et d'un crayon. Juan est un magicien de la mine de plomb, il croque tout ce que ses yeux attrapent. Du corps à la nature morte, son trait ne concède rien. Iduri apprécie particulièrement ses petites caricatures. En quelques lignes, Juan capture ce que son modèle s'évertue à cacher. Alors, depuis qu'il est là, Iduri s'entraîne.

Il a déniché dans la grande bibliothèque de Mademoiselle Églantine une encyclopédie illustrée avec des portraits de grands hommes, des peintures célèbres, quelques sculptures grecques.

Juan lui a conseillé de commencer par copier. Iduri se met à l'œuvre consciencieusement et recopie tout ce qu'il trouve, passant des illustrations de revue aux reproductions piochées dans l'encyclopédie. Aucune page du précieux livre n'est dédaignée.

Juan lui apprend à bien tenir son crayon, à ne jamais tourner sa feuille, à toujours garder l'œil à distance.

– Ta main ne doit jamais se laisser guider par son propre trait.

Iduri s'est ainsi découvert une nouvelle passion et délaisse l'atelier de terre. Ama s'étonne du sérieux avec lequel son fils se penche sur son ouvrage. Elle remarque son front qui se plisse, ses yeux qui se creusent sous l'effort de la concentration. Lui si peu attiré par la plume, les mots et l'école.

L'enfant, le regard plongé dans l'étendue blanche, s'exile à l'intérieur de lui-même. La feuille devient soudain le tapis volant des contes murmurés par Ama le soir. Il n'a plus à se cramponner à son lit pour éviter d'être emporté par les monstres nocturnes. Maintenant qu'il a percé le secret de l'envol, il part loin de sa peur, loin du grand océan de ténèbres.

Iduri, le crayon à la main, oublie le basque, l'espagnol, le français, tous ces mélanges absurdes de mots qui s'entrechoquent dans sa tête et se perdent. L'enfant s'exile au cœur des choses, dépouillant de sa main la pensée des autres. Il a trouvé un ami silencieux qu'il taille à sa guise, qu'il porte contre lui dans sa poche, capable de saisir les instants au vol.

Iduri sait qu'il est encore maladroit, mais il devine aussi que la trame du tapis volant a commencé à prendre forme, et que chaque ligne tracée tisse silencieusement le dialecte de son âme.

26 janvier 1939

Presque deux ans sans écrire, dans un silence confondant, happée par notre quotidien absurde, sordide parfois, sali souvent par nos sourires forcés, par notre volonté farouche de rester dignes, de croire encore. Croire en quoi ?

Je ne le sais plus vraiment. Je sens simplement qu'aujourd'hui, il faut fermer les yeux et avancer aveuglément, désespérément.

Écrire pour ne pas oublier que Barcelone vient de tomber, que la guerre est finie pour nous et que l'Espagne s'éloigne. Nous sommes ici depuis de si nombreux mois et je réalise seulement au soir de cette triste journée que nous avons vécu uniquement dans l'espoir du retour. Ce rêve a lentement embrumé nos esprits, et maintenant la réalité nous frappe de plein fouet, fermant brutalement les frontières. Tant que le dictateur sera au pouvoir, nous ne pourrons pas revenir, nous le savons.

Je ressens une blessure vive, une blessure de chair indescriptible, l'amour d'une terre, de ses odeurs, de ses rires, de sa langue que je perds irrémédiablement. J'y laisse mon insouciance, une légèreté de l'âme qui depuis trois ans s'est plombée de silence et de faux espoirs.

Je sonde mon cœur et je trouve les visages d'Aïta et des enfants. Ils sont là, dans le salon, j'écris et je les regarde de loin. Personne n'est mort, nous sommes en vie, ensemble. Mais qu'en sera-t-il de nos frères vaincus ce soir qui prendront la route pour fuir ?

Qu'en sera-t-il de nos frères vainqueurs qui laissent s'exiler des parents, des cousins, des fils parfois ? Comment vivront-ils sans nous ? Comment pourrai-je accepter de ne jamais revoir les plages de Barcelone, ses quartiers obscurs, ses Ramblas ?

Nous avons pu nous intégrer un peu à la vie d'Hendaye. Mais ceux qui arriveront demain seront-ils accueillis chaleureusement ?

Ce soir, j'ai peur de l'hostilité et de l'incompréhension. J'ai peur pour eux, pour nous.

Je ferme les yeux, je vois les jardins d'Aranjuez où nous aimions tant nous promener. Je vois Irún, la maison, Aïta, notre rencontre, son front si lisse et ses yeux perçants. Je vois la sage-femme qui entre chez nous avec sa chaise d'accouchement pliante. Trois fois entre ses mains se sont posés mes enfants, mes fils si silencieux ce soir.

J'abandonne une partie de moi-même là-bas, au pied des orangers, j'y laisse mes rêves et je prie pour que nous restions unis, en vie. Toujours libres.

Aïta devine que la situation générale de l'Europe se transforme, qu'elle ressemble de plus en plus à un monstre endormi. Si les Français ne croient pas à une nouvelle guerre, pour lui qui a déjà fui son pays, il n'y a plus de doute, il faut agir, son instinct l'y pousse.

La décision qu'il doit prendre n'est pas encore claire dans son esprit, alors, pour attendre et se laisser surprendre, il s'occupe du jardin, observe les prémices d'une récolte qui, à l'aube de ce nouveau printemps, promet d'être foisonnante.

Tout en arrachant les mauvaises herbes, il réfléchit : si une nouvelle guerre s'abat sur la France, ce seront eux, les étrangers, les derniers arrivants, à en être les premières victimes.

Surtout, protéger Ama et les enfants.

Ce qu'il doit faire, c'est trouver un travail, un vrai, avant qu'il ne soit trop tard, sortir un peu de cet anonymat et devenir en quelque sorte utile à ce pays, afin de ne pas en être chassé.

Il a rencontré, il y a peu, le directeur de l'usine d'armement qui, à la lisière d'Hendaye, ne cache pas son activité croissante. C'est lui qu'il ira voir. Il a senti, dans le regard de cet homme, une franchise et une bienveillance qui le rassurent.

C'est cela, aller le voir et lui expliquer la situation, tenter de s'intégrer en acceptant maintenant que notre vie soit ici.

Aïta n'attend pas un instant de plus. Il enfile sa veste et prend la direction de l'usine, ne faisant part à personne de sa décision. Il marche tranquillement, malaxant doucement une petite boule d'argile à l'ombre de sa poche. Ses pensées suivent ses pas.

Pour nous protéger et être le plus discret possible aux yeux des autorités, il me faudrait changer de nom. Demander au directeur de m'inscrire sous une fausse identité. Acceptera-t-il ? Puis-je lui faire confiance ? Tenter, je n'ai pas d'autre choix.

Il arrive devant la secrétaire qui, sans même le regarder, lui dit de revenir le lendemain à la première heure. Et Aïta revient. Il est là, au milieu des autres, tous attirés par les sirènes du travail, et peu importe que ce soit pour relancer la machine de guerre. Peu importe que ce soit à la gloire de la haine, de la poudre et des armes, peu importe que cette même poudre vienne pulvériser les battements de cœur d'un ami, d'un frère, d'eux-mêmes, le plus important est de survivre aujourd'hui.

Aïta, après deux heures d'attente, se présente enfin dans le bureau du directeur. Ce dernier le reconnaît aussitôt et l'invite à s'asseoir. Il s'étonne de voir entrer celui qu'il a croisé il y a peu à la sortie de l'église et dont la modestie de la mise n'avait pas su cacher l'élégance.

– Qu'est-ce qui vous amène, monsieur ?

Et Aïta répond, n'oubliant rien. Il raconte avec son français approximatif leur venue, ses inquiétudes, et surtout son désir de protéger les siens.

– Pour cela, il me faut un travail et un nom, conclut-il.

Le directeur hésite, il prend un risque. En silence, il pèse le pour et le contre. Il observe la dignité et le courage qui ont poussé cet immigré à venir jusqu'à lui pour se livrer ainsi. Il se demande, si la guerre éclate, combien se présenteront de même, hantés par la peur et la misère.

Partagé entre générosité et intérêt, il accepte, conscient qu'Aïta travaillera mieux et plus que les autres, puis-qu'il lui devra quelque chose qu'il ne pourra jamais lui rendre.

Il appelle la secrétaire et les papiers sont aussitôt signés. Aïta a maintenant un travail et s'appelle Michel Poiret. Il rentre à la maison, en parle à Ama.

– Comment as-tu pu prendre seul une décision si importante ? Je suis donc devenue si peu de chose ! À peine utile à laver, ranger, nettoyer ! Fais comme il te plaît, puisque mon avis ne compte pas pour toi !

Elle s'en va, il la retient.

– Écoute-moi, Ama. Je veux vous prémunir contre le danger de cette nouvelle guerre. Je suis allé à l'usine sans te prévenir, parce que je ne savais pas si le directeur m'accepterait comme ouvrier. Je ne voulais pas que ce soit une déception supplémentaire. Tu comprends ?

Elle le regarde longuement en silence, elle hésite à lui répondre sèchement. Puis elle comprend que l'exil leur impose aussi d'accepter les choix des autres sans condition, leur amour étant le seul bien qu'il leur reste.

Les enfants se réjouissent de la nouvelle. Ils sont fiers de savoir que leur père travaille dans une usine d'armement, de canon, de poudre. Iduri demande s'il pourra leur rapporter un pistolet, un vrai.

Zantzu, songeur, l'interroge :

– Aïta, maintenant que tu t'appelles monsieur Poiret, ça veut dire que tu es français ? Est-ce qu'on va prendre ton nom ? On est français, nous aussi ?

Les questions fusent et la plupart restent sans réponses.

Les oncles sont informés au dîner. Ils s'esclaffent :

– On n'aura jamais vu un Michel Poiret parlant aussi mal le français !

Aïta rit, les incite à prendre eux aussi un travail. Il insiste.

– Ne serait-il pas temps pour vous de comprendre que cette guerre n'est pas seulement le combat de deux idéologies mais qu'il s'agit aussi de la survie de la famille, du peu qu'il nous reste ?

N'êtes-vous pas les mieux placés pour savoir que la situation ici peut basculer vers la guerre d'un instant à l'autre ?

Les oncles ne répondent pas tant ils sont étonnés du ton virulent d'Aïta. Depuis leur arrivée à Hendaye, chacun s'est efforcé d'éviter les conflits, de sauvegarder cette entente qui les unit.

– N'oublie pas que nous sommes payés pour notre travail et, même si ce dernier te paraît impropre à la situation actuelle, il nous permet aussi de participer à la survie de la famille ! Notre rôle est crucial, il est même déterminant dans le cours des événements, il va au-delà de la vie quotidienne, il concerne l'histoire d'aujourd'hui et de demain.

Les cousins, les femmes et les enfants se taisent, attendant que la tension qui crispe les visages s'efface. Le grand-père s'apprête, lui aussi, à prendre la parole. N'est-il pas le plus âgé, le plus sage ? D'un regard acerbe, sa femme l'en dissuade.

Ils ne se doutent pas que cette soirée est la dernière qu'ils passent tous ensemble à Hendaye.

13 avril 1939

La police est venue ce matin, très tôt, vers cinq heures. Mademoiselle Églantine est allée ouvrir, ils ont demandé les oncles. Sebastián et Andrés ont à peine eu le temps de se préparer. Ils les ont emmenés à Gurs. Nous savons peu de chose sur ce camp, sauf qu'il accueille des réfugiés espagnols. Pourquoi sont-ils venus les arrêter maintenant alors que nous sommes arrivés il y a si longtemps ?

Ce matin, j'ai peur. J'ai aussi lu la panique dans les yeux de Mademoiselle Églantine.

Nous laissera-t-elle encore vivre chez elle ?

Jusque-là, sa générosité et notre présence n'avaient pas trop troublé sa vie, mais aujourd'hui ceux qui étaient là portaient la hargne et la malveillance gravées sur leurs visages.

Aurait-elle compris tout à coup la portée de son geste ? Nous faudra-t-il partir ?

Les enfants ont été choqués aussi, surtout Otzan qui s'est mis à trembler, à respirer avec difficulté. Il est si discret depuis que nous sommes en France que parfois nous en oublions presque sa présence. J'ai souvent l'impression qu'il tente de se faire le plus transparent possible, qu'il aimerait se fondre dans la couleur des murs pour ne pas déranger.

Mes enfants, je manque de mots pour vous dire combien j'aimerais vous protéger, combien j'aimerais vous rendre l'insouciance qui vous a été arrachée.

Et les oncles, mes frères, quand allons-nous vous revoir ?

Zantzu se souvient de ce 18 août où toute la famille a dû fuir Irún. Le jour de son anniversaire, le gâteau laissé sur la table. Depuis ce moment-là, les deux événements se sont imbriqués tant et si bien que chaque gâteau de riz a maintenant le goût de la fuite, de l'oubli, des effluves perdus de cannelle, de lait caramélisé.

Les raisons politiques de leur exil ne lui avaient pas échappé, mais il n'avait alors pas désiré en savoir davantage. C'est seulement depuis le départ des oncles que les questions ont commencé à curieusement s'entremêler dans son esprit, que les interrogations tapies dans son cœur se sont réveillées.

Le mot « politique » s'est, du jour au lendemain, métamorphosé en un monstre nocturne éructant des ordres, agitant de multiples bras, pointant des armes plus dangereuses les unes que les autres, hantant aussi bien ses nuits que ses jours. Ses angoisses deviennent dévorantes, et Zantzu veut en venir à bout.

– Je veux les trucider, marmonne-t-il.

Et il n'y a qu'un seul moyen de tuer ce monstre terrifiant : le connaître, le cerner, l'abattre. Zantzu décide donc d'enquêter secrètement sur l'activité des oncles.

Il énumère les informations qu'il possède déjà : les deux hommes partageaient la même chambre, dans laquelle ils restaient de longues heures enfermés, ils parlaient parfois de « documents », mais jamais de leur contenu. En rentrant de l'école, Zantzu entendait souvent la frappe sèche et régulière de la machine à écrire. S'il avait su de quoi il s'agissait ou si les oncles en avaient parlé librement, il est évident qu'il s'y serait moins intéressé. Mais les hommes parlaient à mots couverts, s'entendant entre eux par des phrases codées qui emballaient sa curiosité.

Le monstre tape à toute volée des secrets.

Quels sont ces renseignements si bien gardés ? se demande sans cesse Zantzu. *Et qu'en font-ils ensuite ? Ils doivent être envoyés à des personnes importantes*, en déduit-il. *Comment ?*

Il tente une ou deux fois, pendant les repas, de poser des questions. Mais Aïta l'interrompt chaque fois sèchement en lui ordonnant de ne jamais s'occuper de politique.

– C'est un monstre qui ne suscite que des passions destructrices ! ajoute-t-il.

Aïta confirme que c'est un monstre, j'en étais sûr ! songe l'enfant.

L'interdiction proférée par son père ne fait alors qu'accroître sa curiosité. Le monstre hideux se transforme soudain en une jeune personne intrigante, belle et pleine de promesses. Zantzu est à l'affût de tout renseignement la concernant.

Pour assouvir sa soif de savoir, il commence à rôder autour de la chambre des oncles dans l'espoir d'y entrer discrètement au moment opportun. Il avait d'ailleurs été étonné que les policiers ne la fouillent pas lors de l'arrestation. C'est donc à lui de le faire.

Ils ont dû profiter des quelques minutes précédant leur départ pour cacher ce qui devait l'être.

Un soir, alors que la famille est occupée à converser autour de la table, Zantzu, fébrile, pénètre seul dans la chambre tant convoitée.

Ce qu'il y découvre le déçoit : deux petits lits séparés par une grosse commode et un bureau entouré de deux chaises où trône la machine à écrire. Zantzu s'aventure à appuyer sur quelques lettres, mais la machine reste muette, gardant ses secrets enchevêtrés dans ses petits bras d'acier.

L'enfant cherche encore, soulève les matelas, ouvre des tiroirs. Rien.

Son intuition l'incite ensuite à regarder derrière la plaque de la cheminée, il en sort quelques papiers griffonnés, qui sont dans une langue qu'il ne connaît pas, en anglais certainement, il se souvient que les oncles parlaient parfois de leurs amis américains, mais cette découverte n'apaise pas sa curiosité.

Qu'on me dise pourquoi on les a enfermés ! Qu'on m'explique pourquoi il y a cette guerre !

Son désir de compréhension passe soudain d'inassouvi à impérieux. Alors il se promet d'apprendre dès qu'il le pourra l'anglais. Après tout, il parle déjà l'espagnol, le basque et le français, cette quatrième langue ne devrait pas lui résister longtemps.

Zantzu a dix ans et il se jure de ne jamais rester dans le silence de l'incompréhension, de s'approcher autant qu'il le pourra du savoir et, pour ce faire, de garder l'esprit toujours alerte. La mémoire toujours en éveil.

28 juin 1939

Depuis qu'Aïta travaille à l'usine, le rythme des journées est différent. Nous nous réveillons vers cinq heures, nous regardons le soleil se lever en buvant notre café, puis Aïta s'en va avec, dans sa besace, son repas pour le midi. J'ai ensuite quelques heures de silence. Les enfants, depuis qu'ils sont en vacances, se lèvent tard, les grands-parents et les cousins n'apparaissent jamais avant neuf heures.

Je reste assise dans la cuisine à regarder le vide, une tasse de café froid à la main. Cette sensation de vacuité est toute nouvelle pour moi, je ne l'avais jamais éprouvée auparavant. Je me laisse porter par le silence de la maison en attendant que le chant d'un oiseau, le grincement d'une porte, les voix des passants viennent troubler cette quiétude. Ces sons extérieurs glissent dans mon oreille sans perturber mon immobilité. Mon insouciance est passée, elle est restée là-bas, de l'autre côté de la Bidassoa, laissant place à ce vide que je ne déteste pas, que je retrouve même avec plaisir tous les matins. Il est devenu un confident qui m'enveloppe, saisit mon cœur avec douceur.

Pendant ces instants-là, je ne pense à rien, à presque rien.

Lorsque le temps s'arrête dans cette cuisine sans s'apercevoir de ma présence, j'oublie mes frères, j'oublie Aïta qui revient chaque soir épuisé, la tête pleine de métal, de poudre, du vacarme des machines. Il garde le sourire pourtant, mais souvent je surprends son œil abattu.

L'autre matin, il y avait sur la table un petit bol qu'il avait fait pendant la nuit pour ne pas perdre la main. Le bol était beau, mais il y avait en lui quelque chose de triste, presque de tordu. J'ai ravalé mes larmes. Aïta m'a dévisagée longuement avant de me dire que c'était une coupe à nostalgie. Et soudain, nous avons été pris d'un fou rire inexplicable qui a fait voler en éclats nos inquiétudes.

Mais revenons à mes instants de solitude dans la cuisine.

Je suis assise bien droite sur ma chaise, je ne bouge pas. J'ouvre mon esprit et je chasse les pensées encombrantes. Avant, je priais et peu à peu j'ai arrêté. Ce n'est pas que je ne crois plus, ce sont les mots qui se sont effacés un à un. Maintenant je n'arrive même plus à les dire, faute de conviction peut-être. Quoi qu'il en soit, ils m'ont désertée et s'en sont allés vers d'autres bouches.

Le temps se fige, je respire à peine. Un minuscule filet d'air me permet de survivre sans réfléchir, me permet simplement d'être. Puis arrivent les enfants, les grands-parents, les cousins. Et le temps reprend son cours.

4 juillet 1939

Ils sont venus chercher les cousins. Ils les ont emmenés à Gurs.

Alors que le mois de septembre pose sa brise légère sur la plage d'Hendaye, Otzan plonge ses pieds nus dans le sable humide. Il marche si près de l'eau que l'écume mourante vient parfois caresser ses orteils. Son pas est lent, tranquille. Il est sorti de la maison discrètement.

Je sais que personne ne s'inquiétera pour moi, et puis j'ai treize ans et je veux me promener seul.

Otzan adore écouter la mer, le ressac lui procure le même plaisir que la musique distillée par la vieille radio d'Irún. Depuis qu'ils sont arrivés ici, les envolées lyriques du piano ont pratiquement disparu de sa vie. Le poste de Mademoiselle Églantine est de mauvaise qualité et ne fait que déverser des informations toutes plus pessimistes les unes que les autres.

Ce qui lui manque aussi, c'est un endroit calme où il pourrait s'installer pour se concentrer et écouter un peu de musique. À Hendaye, il n'y a pas de fauteuil accueillant, pas de silence. Comment oserait-il demander tout cela ?

Lui, déjà si réservé, est accablé par une inexplicable culpabilité depuis leur arrivée ici. Une idée obsédante l'a percuté comme une tornade lors de leur traversée de la Bidassoa et ne l'a ensuite plus quitté.

Tout est de ma faute. Nous perdons tout et c'est de ma faute.

Otzan a bien tenté à plusieurs reprises de se raisonner. Mais la pensée obsédante persiste, ne le lâche pas. Elle s'immisce jusque dans ses rêves, le réveille à force de répéter : *Tout est de ma faute.*

Les siens ne semblent pas encore s'être aperçus de cette culpabilité qu'il porte à chaque instant et, afin de ne pas éveiller leurs soupçons, Otzan devient de plus en plus discret. Il n'intervient que très rarement dans les discussions, fait en sorte que son humeur soit constante. En classe, son attitude est la même : alors que Zantzu est toujours heureux de donner son avis, Otzan, lui, se contente d'apprendre sans éclat ni paresse.

Tout est de ma faute et personne ne doit s'en rendre compte.

Il longe les murs de la maison, reste assis des heures sans rien dire, en oublie parfois de respirer et, quand Ama pose sur lui un regard interrogateur, il tremble un peu, puis se ressaisit pour ne rien laisser paraître.

Que faire si elle se doute de quelque chose ? Partir ?

Le moment le plus douloureux a été l'arrestation des oncles. Otzan n'a pas su retenir le torrent d'émotions qui dévalait son âme. Il tremblait, s'amarrait farouchement à la pensée qui le poursuivait.

Il désespérait de crier :

– Ne les prenez pas, ce ne sont pas eux les coupables ! C'est moi !

Mais aucun mot ne sortait de sa bouche, seul son corps pris de convulsions luttait contre l'injustice faite aux oncles. Après cet événement, il s'était senti encore plus abattu, encore plus étranger à ce monde incompréhensible, à cette famille qui ne le voyait plus.

Je ne fais plus qu'un avec le papier peint.

Maintenant il marche dans le sable et pense à ce qu'il est devenu, à cette feuille de papier décorative qui cache les imperfections des murs et dans laquelle il a réussi à se couler.

Il rit doucement.

Je ne suis plus qu'une feuille de papier peint bleu à rayures qui marche et qui pense, qui pense juste un peu.

Soudain, les rayures se mêlent à la mer.

Les pensées d'Otzan plongent, absorbées par la musique lancinante des vagues. Elles s'imbibent de sel, de coquillages, d'eau glacée, d'algues éparses. Et lentement, grâce à la brise naissante, ses angoisses s'envolent au loin, oubliant quelques instants cette ombre qui s'est arrimée à lui.

Talonné par les fraîches empreintes de ses pas, il continue son chemin en murmurant :

Ma faute tourbillonne emportée
Par le vent avant de se noyer
Dans les ombres mouvantes.

Otzan a l'âme si forte qu'elle porte l'histoire du monde. Otzan a l'âme si sensible qu'elle s'émeut de la douceur du vent.

3 septembre 1939

La France déclare la guerre à l'Allemagne. Une chape de plomb s'abat sur nous, allongeant le tunnel que nous traversons de plusieurs années.

Aïta travaille sans cesse. Son visage est sombre, il ne nous adresse plus que rarement la parole. Le grand-père, obnubilé par le temps qui nous retient ici, passe ses journées à monter et démonter des montres.

Seuls les enfants continuent de rire.

15 septembre 1939

Mon frère Sebastián m'a écrit !

Nous étions sans nouvelles depuis leur arrestation. Chaque jour, j'espérais une lettre et, ce matin, quand j'ai reconnu son écriture, j'ai malgré tout été surprise, comme si l'idée d'une missive ne m'avait jamais effleurée. Alors que j'attends depuis cinq mois, alors que mon esprit est obsédé par leur absence.

Ce matin, le facteur a sonné pendant mon unique instant d'oubli, et je me suis laissé surprendre par l'émotion que pouvait infliger un trait délié et familier sur une enveloppe blanche. Mes mains tremblaient et, pour que le facteur ne s'en aperçoive pas, j'ai refermé la porte sans même prendre le temps de le remercier.

Je suis restée de longs instants incapable de faire le moindre geste, incapable d'ouvrir cette lettre que je n'espérais plus. Mon cœur battait à tout rompre, hésitant entre la peur et la curiosité de ce que j'allais découvrir. Puis j'ai couru dans la chambre pour me cacher et, enfin, décacheter l'enveloppe.

À la lecture des premiers mots, mes mains ont cessé de frémir, puis patiemment j'ai lu et relu. Je retranscris ici chaque phrase de Sebastián pour qu'aucune ne sombre dans l'oubli.

Sœur chérie,

Je pense avoir trouvé un moyen sûr pour te faire parvenir cette lettre, je souhaite de tout mon cœur qu'elle soit un jour entre tes mains. Je ne doute pas que tu as dû te faire du mauvais sang pour nous, alors laisse-moi d'abord te rassurer et te raconter notre périple.

Nous étions une vingtaine d'Espagnols à faire le trajet d'Hendaye à Gurs. Le voyage n'a pas été trop long, chacun racontait son histoire, d'où il venait, son incrédulité face à cette arrestation subite. Pour te dire la vérité, Andrés et moi avions déjà longuement parlé de cette éventualité. Mais être assis là, dans ce camion à destination de Gurs, dépassait malgré tout notre entendement.

Quand nous sommes sortis du camion, l'hostilité des policiers et des gardes nous a fait tressaillir. Ils nous traitaient comme des prisonniers, infligeant à nos jambes de nombreux coups de crosse, hurlant pour que nous avancions plus vite vers nos îlots respectifs.

Andrés et moi avons été séparés. Depuis notre arrestation, nous ne nous sommes revus qu'une seule fois, lors d'une occasion un peu particulière dont je te ferai part plus loin. Une fois franchies les grilles barbelées de notre îlot, nous avons été assignés à un baraquement.

Comment te décrire tout cela ?

Il y a d'abord l'immensité du lieu, le camp de Gurs a l'échelle d'une ville. Les îlots sont formés de vingtaines de baraques où sont entassés une soixantaine d'hommes. On m'a dit qu'il y avait une douzaine d'îlots. Selon mes calculs, nous devons donc être près de quinze mille hommes prisonniers. Tout est géométriquement aligné, parfaitement encadré de fils barbelés. J'ai été affecté à l'îlot C. Andrés, quand nous nous sommes revus, m'a dit qu'il était au D.

Les baraques sont construites avec des planches de bois blanc, elles ressemblent en fait à des cabanes ouvertes à tous les vents. On m'a désigné l'une d'elles, et j'ai déposé sur le lit qui m'était destiné les quelques habits que les gardes avaient bien voulu me laisser.

« Lit » est un grand mot et maintenant aussi, une sensation oubliée. En vérité, il s'agit plutôt d'une paillasse posée sur des planches. Mais j'oublie de te parler de ce qui m'a saisi avant tout : l'odeur pestilentielle qui règne dans la baraque. Un mélange d'effluves de crasse, de sueur, d'urine qui envahit l'atmosphère. Et cette odeur, comme la rusticité de notre couchage, il y a maintenant bien longtemps que je m'y suis habitué, que je ne les sens plus.

Nous sommes donc une soixantaine d'hommes installés les uns près des autres, sans aucune intimité (assis sur mon lit, je peux toucher la paillasse du voisin !). Nos habits sont suspendus aux poutres qui nous surplombent. Et puis il y a le bruit incessant des voix, des rires, des disputes qui claquent contre les frêles parois de bois, l'impossibilité du silence. Si ma première impression a été désastreuse, elle a heureusement été très vite supplantée par l'accueil chaleureux de mes compagnons. Dans cette baraque, nous sommes tous basques espagnols, la solidarité qui nous unit les uns aux autres est extraordinaire. Malgré la promiscuité, le manque d'hygiène, la nourriture frugale, l'incertitude de notre avenir, l'entraide est toujours là, toujours présente.

Les premiers jours, j'étais très inquiet du sort d'Andrés, mais mes camarades ont réussi à avoir des informations et m'ont réconforté : il allait bien et avait été affecté un peu plus loin. Ils ont fait en sorte que je m'intègre à leurs discussions et ont répondu aussi bien qu'ils le pouvaient à toutes mes interrogations.

Je me suis aussi lié d'amitié avec des Italiens d'un autre baraquement, des membres de la brigade Garibaldi. Ces hommes, Ama, ont traversé la mer pour venir en Espagne se battre à nos côtés contre le dictateur. Et, malgré leur internement, ils n'ont rien perdu de leurs convictions, de leur force vive. Ils sont très soudés, très organisés.

Chaque matin, ils font du sport. L'après-midi, ils se retrouvent pour parler politique et philosophie, d'autres ont extirpé de la glaise du sol argileux sur lequel est construit le camp et font de la sculpture. J'ai pensé à Aïta, dis-lui que l'art arrive jusqu'ici.

Ces Italiens, dans un élan de folie, ont décidé d'organiser un défilé pour le 14 juillet ! Chacun de nous a participé à l'entraînement : course, marche au pas, athlétisme. La préparation de cet événement nous a donné un but, une raison d'être ensemble, de nous lever chaque jour.

Nous avons passé le mois de juin dans l'euphorie, car le camp exacerbe tout, aussi bien la nostalgie et le désespoir que les sentiments de fraternité et de solidarité. Le 14 juillet est enfin arrivé, et sous un soleil de plomb nous avons défilé fièrement, fait des joutes sportives, exposé les sculptures. C'est à cette occasion que j'ai revu Andrés, il semblait aussi galvanisé que moi par cette journée si particulière. Il a juste eu le temps de me dire qu'il allait bien, qu'il survivait, que c'était l'essentiel, mais aussi que les cousins étaient là, dans le même îlot que lui. J'ai pensé à toi, à cette arrestation, à cette nouvelle intrusion qui a dû tous vous bouleverser.

Après ce jour-là, l'euphorie est retombée, mais je continue à voir les Italiens, à discuter avec eux. J'ai noté cependant que je perds des forces. La cuisine est mauvaise et rationnée à l'extrême. Si tu savais comme tes plats me manquent, comme la cannelle et le safran envahissent mes rêves. Et toi, et vous, comme vous me manquez aussi ! Chaque jour, j'espère sortir pour vous retrouver.

Je veux te dire une dernière chose : ce camp, au lieu d'affaiblir nos convictions politiques, les renforce.

Nous n'avons plus que cela à faire : discuter, échafauder des théories et des systèmes qui imposeraient à tous l'égalité. Quand nous sortirons, nous serons plus forts.

Je t'embrasse.

Ton frère, Sebastián.

Le directeur de l'usine observe depuis la fenêtre de son bureau l'arrivée des ouvriers. Certains attirent plus particulièrement son attention. Aïta est l'un d'entre eux. Le directeur se remémore leur entretien, il se souvient de la prestance de cet homme et du français rudimentaire avec lequel il avait, malgré tout, réussi à expliquer sa situation familiale. Quelques mois se sont écoulés depuis l'embauche et le directeur a vu le corps d'Aïta changer.

Il remarque, depuis son poste d'observation, que certains hommes gardent leur gaieté, oublient la pénibilité des heures passées debout à serrer, à desserrer des boulons. D'autres ne parviennent pas à dérober leur esprit aux martèlements incessants des machines. Aïta est de ceux-là. Les coups saccadés infligés à l'acier ont peu à peu raison de lui. Ces heurts s'immiscent dans son corps pour y résonner jour et nuit, ne lui laissant aucun répit. Son esprit est prisonnier de cette tenaille, de ce rythme qui, avec obstination, se resserre chaque jour un peu plus.

Remplir ma tête de coton pour ne plus sentir ces coups de cloche assénés à mon cerveau.

Le directeur a vu le dos d'Aïta se voûter, il a vu cet homme si grand rapetisser, se tapir à l'intérieur de lui-même à la recherche de la dernière goutte de silence. Il a appris aussi que des membres de sa famille avaient été internés à Gurs. En ces temps de guerre, ce genre de nouvelle se propage à une vitesse sidérante. Toute la ville est soudain devenue friande de rumeurs, les bouches déversent sans discontinuer leurs torrents nauséabonds de « tu-sais-il-paraît-que ».

La veille, le directeur a reçu une lettre d'un ami et il a immédiatement pensé à Aïta. L'observer marcher, ce matin-là, le conforte dans son idée.

C'est à lui et à lui seul que je ferai cette proposition.

Il prévient aussitôt sa secrétaire.

– Dites-lui de venir à l'heure du déjeuner.

Aïta est nerveux mais, quand il entre dans le bureau, le sourire et les mots du directeur le rassurent.

– Ne vous inquiétez pas, j'ai simplement une proposition à vous faire. Un de mes amis cherche un métayer pour une de ses fermes dans les Landes. Si j'ai bien compris, il y a deux bâtiments habitables entourés de champs. Les conditions sont la moitié de la récolte pour le propriétaire et le reste pour vous. L'étendue à cultiver est vaste, mais vous avez la main verte, n'est-ce pas ? Et puis ne seriez-vous pas plus à l'abri là-bas, loin de la ville et de ses commérages ?

Aïta est surpris, il ne s'attendait pas à une proposition de cette sorte. Il ne répond pas. Cette fois-ci, il ne prendra pas sa décision seul. Il en parlera à Ama, aux enfants, aux grands-parents.

– J'attends votre réponse pour demain, ajoute le directeur.

Sur le chemin du retour, Aïta est perplexe. Il a passé tout l'après-midi à réfléchir, il en a presque oublié le vacarme des machines. Cette aventure le tente, il aimerait s'éloigner de la ville.

Je préfère mille fois travailler la terre plutôt que l'acier. Oublier un peu le bruit de cette guerre et l'angoisse qui nous étreint lorsque nous nous promenons depuis que les oncles et les cousins ont été arrêtés.

Il y a aussi Mademoiselle Églantine. Sa gentillesse est toujours présente, mais, depuis les arrestations, son attitude a changé. Ils comprennent sa peur, et cette femme a déjà fait beaucoup pour eux. Il est peut-être temps de partir.

Arrivé à la maison, il aborde sans attendre le sujet avec Ama. Sa première réaction est plutôt négative.

– Partir encore ? Pour aller où ? Dans une ferme cachée dans les pins !

Ama a toujours vécu en ville, elle préfère rester là.

– Et les enfants ? Et l'école ?

Ils en discutent tous au dîner. Aïta les convainc les uns après les autres. Les enfants sans grande difficulté. Iduri est le plus enthousiaste.

– On aura une grande maison ? On pourra jouer dans les champs ? Est-ce qu'on aura des animaux ? Quand est-ce qu'on y va ?

C'est le grand-père qui s'inquiète le plus.

– Pourquoi partir si loin ? Ici, nous touchons presque l'Espagne. Je peux aller marcher sur la plage et me dire que de l'autre côté, à quelques battements d'ailes, il y a Irún.

La grand-mère pleure. Elle ne peut s'expliquer l'immense tristesse qui s'abat sur elle, il lui semble qu'elle doit définitivement enterrer cette partie d'elle-même si précieuse, cette petite parcelle de là-bas qui vivait encore dans son cœur.

Aïta ne faiblit pas.

– Je comprends votre peine, nous la ressentons tous. L'abandon de notre passé est un déchirement qui s'étire un peu plus chaque jour. Mais que nous reste-t-il à présent ? Seulement nos vies ! Alors ne cédons pas aux mirages de la nostalgie. Les oncles, les cousins ont été pris. Nous ne savons pas combien de temps durera cette nouvelle guerre. Protégeons le peu qu'il nous reste et cachons-le dans la forêt. Nous y serons nous, juste nous. Libres. Nous travaillerons, mais nous serons en sécurité, loin de la ville, des armes. Pensez-vous réellement que les oncles, quand ils reviendront, pourront vivre à nouveau ici, à Hendaye ? On nous offre une opportunité, saisissons-la !

Ama a elle aussi les larmes aux yeux. Elle écoute son homme, habituellement si silencieux, mais qui, quand il doit donner son avis, trouve toujours les mots justes.

– Pouvons-nous faire confiance à ton directeur ? demande-t-elle.

Doucement, il la regarde.

– Avons-nous le choix ?

Deux jours plus tard, tout est prêt. Ils entreposent leurs affaires dans un petit camion que leur a prêté le directeur. S'y entassent pêle-mêle des valises contenant leurs habits, des cartons avec la vaisselle récupérée d'Irún, le tour. S'ajoutent à cela une commode et une petite armoire que Mademoiselle Églantine leur a données pour qu'ils continuent de penser à elle. Maintenant qu'ils sont sur le départ, cette dernière retient avec peine son émotion. Elle réalise soudain combien elle s'est attachée à cette famille, à leur gentillesse, à leur discrétion, à la beauté luxuriante du jardin.

– Qui en prendra soin ? demande-t-elle à Aïta.

À sa tristesse se mêle un soupçon de soulagement. En effet les deux arrestations successives l'ont terrorisée et, depuis, elle ne se sent plus en sécurité. Elle ne regrette pas de les avoir hébergés, mais sa générosité a chancelé sous la terreur de cette nouvelle guerre maintenant si réelle. Mademoiselle Églantine avait vécu, jusque-là, dans un monde idéalisé où les valeurs de générosité et de don étaient inaliénables. Ses certitudes s'étaient fissurées à l'instant même où elle avait vu le camion emmener les oncles. La cruauté et la peur, des sentiments jadis étrangers, s'étaient frayé un chemin jusqu'à elle. En pleurant le départ de la famille, elle fait aussi le deuil de ce monde d'avant, ce monde dont elle est sûre de ne plus jamais entendre le rire.

Dans une dernière embrassade, Ama lui glisse à l'oreille :

– Mademoiselle Églantine, sans vous Dieu seul sait où nous serions. Vous nous avez donné un toit et ainsi permis de rester unis. Nous n'oublierons jamais vos bras accueillants. Merci, merci infiniment.

Puis ils sont tous montés dans le camion : Aïta et les grands-parents à l'avant, Ama et les enfants assis sur les cartons à l'arrière, sous la bâche à l'enseigne de l'usine. Zantzu a pris un petit livre pour passer le temps. Otzan se recroqueville sur l'une des valises dans l'espoir de faire un somme. Il n'y a qu'Iduri qui, euphorique à l'idée de cette vie nouvelle, ne cesse de poser des questions à Ama.

– On part loin ? La ferme ressemble à quoi ? Y aura-t-il des animaux, des vaches, des lapins ? Elle est grande, la ferme ? Ama, dis-moi ce que tu sais.

– Je t'ai déjà tout dit une bonne dizaine de fois.

– Raconte-moi encore !

Et Ama lui explique une fois de plus qu'ils ne savent presque rien. Puis, lasse de ses questions incessantes, elle répond par monosyllabes, et enfin ordonne à Iduri de se taire.

Le petit boude un peu. Assis, les jambes ballantes sur son carton, il se laisse secouer par les mouvements du camion.

Il observe du coin de l'œil ses frères. Zantzu a abandonné sa lecture, vaincu par un coriace mal au cœur. Otzan s'est endormi, et Ama lisse d'un geste mécanique les plis de sa jupe.

Oubliant soudain sa mauvaise humeur, Iduri poursuit seul le chemin de ses pensées.

J'aimerais que la maison soit grande, assez grande pour que nous puissions faire des courses dedans. Il y aura aussi une immense cheminée dans laquelle nous pourrons nous asseoir. Et un jardin, enfin plutôt une forêt, où nous irons chasser à la fronde, nous cacher, crier. Je demanderai à Ama un chien juste pour moi, qui se couchera dans mon lit le soir venu, qui me réchauffera et qui m'écoutera toujours. Il y aura aussi des garçons avec qui nous jouerons aux billes, à la guerre, aux pilotes d'avion. J'aurai des amis, beaucoup d'amis.

Une heure plus tard, le petit camion arrive dans un hameau perdu au cœur des Landes, à quelques kilomètres de Dax.

12 octobre 1939

Nous sommes arrivés dans la maison, curieux de la découvrir. C'est une vieille bâtisse, la charpente et les murs sont certes solides, mais tout le reste est sordide. Les murs sont humides, seule la cuisine est carrelée, toutes les autres pièces sont à même la terre battue. Notre déception a été totale.

Nous avons passé plusieurs jours à tout récurer, Aïta a réparé ce qui pouvait l'être. Il y a trois chambres, une pour les enfants, une pour les grands-parents et une pour nous. Il y a encore une vaste pièce pourvue d'une grande cheminée où nous prenons nos repas et une toute petite cuisine attenante sans eau courante, nous devons aller la puiser dans la cour. La ferme est entourée des champs qui sont à cultiver. En contrebas se trouve un autre bâtiment, en piteux état lui aussi. J'ai oublié l'étable qui est accolée à notre maison et peut accueillir une vingtaine de vaches. Nous n'en avons que deux pour l'instant.

Comment décrire le coup au cœur que j'ai reçu en découvrant cet endroit ?

Il m'a semblé dévaler une pente glissante qui me menait tout droit à la déchéance. La maison d'Hendaye était certes moins confortable que notre appartement d'Irún, et même ridicule en comparaison avec notre maison d'Aranjuez, mais elle était décente et pratique. Cette fois-ci, nous n'avons plus rien de tout cela. Il nous faut tirer l'eau du puits et les toilettes, situées dans une cahute au fond du jardin, ne portent de toilettes que le nom. En vérité, c'est un trou pestilentiel recouvert d'une planche de bois trouée. Et que dire des portes branlantes de la maison ?

Qu'adviendra-t-il de nous cet hiver quand le froid et le gel auront repris leurs droits ?

J'ai cru que la grand-mère allait s'évanouir quand elle a passé le seuil de ce qui serait sa chambre. Les hommes, eux, semblent indifférents à tout cela. Aïta me répète sans cesse qu'il préfère mille fois cette vie-là à la « fabrique de poudre à tuer ». Je sais que son entrain est un peu forcé, mais il a le mérite d'égayer mon cœur. Le travail qui l'attend aux champs ne l'effraie pas non plus, ce défi ravive ses forces si malmenées à l'usine d'armement.

L'humeur des enfants est aussi à la joie. Les deux aînés sont ravis d'aller dans une « vraie école » comme ils disent, à Saint-Paul-lès-Dax. Iduri restera avec nous à la ferme pour la simple et ridicule raison que nous n'avons que deux vélos et que sept kilomètres nous séparent du collège. Je dois l'écrire à nouveau pour le croire : mon fils, Iduri, n'ira pas à l'école parce que nous n'avons pas pu récupérer de vélo pour lui.

La honte a serré ses sangles autour de ma gorge.

Iduri s'est adossé contre les pierres froides du puits. Il contemple les champs des alentours. Il ne s'est jamais senti aussi heureux, aussi libre. Il écoute le vent se faufiler entre les arbres, leurs feuilles s'ébrouer.

Depuis que ses frères vont à l'école, il passe de longues heures seul. Parfois, il aide Aïta aux champs ou bien il reste avec son grand-père, mais le plus souvent il se contente de lui-même. Cette solitude nouvelle n'a pas été simple à apprivoiser. Il lui a fallu du temps pour accepter le silence, pour se décider à faire les choses sans l'aval ou la compagnie d'un autre, mais, maintenant qu'il s'est pris au jeu, il ne se lasse pas des longs monologues qu'il distille à longueur de journée, sans que personne ne le ridiculise.

Iduri parle à voix haute, il aime commenter ce qu'il voit, parler à un ami imaginaire et docile, lancer des cailloux dans le puits et attendre la résonance du projectile qui pénètre la surface sombre. Aïta lui a expliqué qu'il pouvait savoir à quelle profondeur était l'eau en comptant le temps que le caillou mettait à l'atteindre. Il a oublié la formule exacte, mais il n'omet jamais d'égrener les secondes. Parfois six, parfois sept.

Comme l'eau doit être loin !

Iduri, adossé au puits, dessine à l'aide d'un bâton de petits personnages dans la terre battue de la cour. Le sol est recouvert d'une fine poussière blanche, juste ce qu'il faut au bâton pour y laisser un léger sillon. Naissent ainsi des hommes, des femmes, des vaches et des arbres.

Son trait le guide maintenant au sommet du grand tilleul, il s'applique à ourler chaque feuille, quand soudain un vrombissement familier le fait sursauter. C'est un avion qui vient s'entraîner et survole la centrale électrique qui se trouve à un kilomètre de la ferme. Iduri saute sur ses pieds et regarde vers le nord. La trajectoire est toujours la même, le petit point s'approche et l'avion va bientôt passer juste au-dessus de lui. Le vacarme est assourdissant. L'enfant commence à courir vers la centrale électrique. Il traverse le champ à grandes enjambées et, lorsqu'il parvient à être exactement sous l'ombre du bolide, Iduri exulte et tend les mains vers le ciel.

Comment pourrait-il imaginer qu'un jour il fera ce geste pour récolter une pluie d'or, une averse de douilles allemandes brûlantes ? Comment pourrait-il imaginer qu'ensuite il aimera les ranger méthodiquement dans une petite boîte métallique ? Le jeu sera d'en attraper le plus possible, de les collectionner et, chaque matin, d'espérer une nouvelle récolte.

Par une matinée de printemps, le miracle se produira. Les paumes tournées vers le ciel, il en récoltera plus de quarante.

Les brûlures infligées par cette quête céleste n'entameront en rien sa joie et seront aussitôt oubliées.

Iduri maintenant court en riant aux éclats, délaissant ses vaches et ses personnages aux caprices du vent.

Par une frileuse nuit de novembre, quelqu'un frappe à la fenêtre de la cuisine. Ama se retourne et croit voir un fantôme. C'est Andrés qui lui sourit et éclate de rire à la vue du visage ahuri de sa sœur. Ama court à la porte, ils sont huit hommes à la regarder pleurer de joie. Elle crie :

– Venez vite, ils sont de retour !

Et toute la famille observe les barbus entrer dans la maison. Sebastián et Andrés sont là ; ils n'ont presque pas changé. Rien, à part la barbe hirsute qui leur dévore la face.

Les grands-parents sont bouleversés. Le grand-père tente malhabilement de refouler ses larmes. La grand-mère enroule ses bras fluets autour du cou de ses fils et pleure en silence. Aucun mot ne parvient à exprimer cette joie inattendue. Elle touche leur visage, leurs mains, elle caresse leurs cheveux.

Les oncles sont heureux. Les hommes qui les accompagnent sont à la fois des camarades, des frères et des alliés. Compagnons de Gurs, libérés ensemble, en quête d'un endroit pour se cacher qui leur permettrait de poursuivre leurs idéaux en toute discrétion. Ce sera ici, à l'ombre des pins.

La première nuit, ils dorment là, à même le sol. Ensuite ils s'installent dans l'autre ferme. En quelques jours, la vie s'organise : les huit hommes remettent en état rapidement la bâtisse, les brèches sont colmatées. Le propriétaire, heureux de voir arriver des forces supplémentaires, leur trouve des lits, quelques armoires, des chaises, une table.

Les premiers temps de cette maisonnée d'hommes sont à la joie, à la reconquête du ciel, aux éclats de rire, aux cigarettes fumées avec délectation, aux discours politiques enflammés.

Ils ont rasé leur barbe. Leurs joues, trop longtemps cachées du soleil, sont blanches, presque translucides. Leur peau savoure cette liberté oubliée, teintée de l'air du matin, de la porte qui s'ouvre sur les champs et dont les battants pourraient ne jamais se refermer.

Comme leurs paillasses et le silence sont doux aux oreilles de ces hommes. Comme la rusticité environnante leur semble proche de cette authenticité qu'ils revendiquent à cor et à cri. La petite communauté qu'ils forment les rassure, les aide à retrouver les gestes simples de l'indépendance.

Ama les observe s'installer autour de la table pour le dîner, elle a remarqué que l'œil de Sebastián se perd souvent dans le lointain du ciel. Il rit comme les autres, mais son entrain est forcé. Son âme se tapit à l'ombre d'un secret.

Elle le connaît trop bien pour ne pas avoir surpris ces subtiles nuances. Elle l'interroge du regard à plusieurs reprises, mais, pour toute réponse, il baisse le sien sans pouvoir retenir un léger frémissement.

19 novembre 1939

J'ai tout de suite senti que Sebastián cachait quelque chose.

Alors que tous semblaient vivre les instants présents avec bonheur, lui seul était ailleurs, plus loin, là où l'on ne pouvait le rejoindre. J'ai tenté de le questionner, mais il a toujours fui la confrontation. Il cache son éloignement en participant aux conversations, en riant avec les autres, mais mon frère, avant si volubile, est revenu pétri de silences. Je crois que personne d'autre, à part moi, n'a décelé cette subtile différence, ce léger recroquevillement en soi.

Ce matin, alors que je finissais à peine de faire les lits, je l'ai rejoint dehors où, assis sur une chaise, il laissait ses pensées poursuivre au gré du vent les volutes de fumée qui s'échappaient de sa cigarette. Je me suis assise près de lui au pied de sa chaise, j'ai posé ma tête sur sa cuisse, et nous avons attendu ensemble que les mots surgissent.

Lentement, ils sont venus :

« Elle s'appelle Hanna, elle est arrivée à Gurs il y a un mois en tant qu'infirmière. Tu sais, dans tous ces baraquements, nous n'étions que des hommes. À de très rares occasions, des cuisines ou de l'infirmerie, apparaissait une femme qui se perdait aussitôt dans les sifflements ardents des prisonniers.

Hanna a surgi comme un ange au début du mois d'octobre et, d'un battement d'ailes, elle a balayé tous mes discours politiques, toutes mes pensées rationalistes. Je ne pensais qu'à elle, je ne rêvais que d'elle.

Hanna est juive, elle s'est engagée à soigner les réfugiés pour être au plus près de la souffrance, elle est persuadée que son peuple endurera bientôt lui aussi l'exil. Peut-être pire, me disait-elle souvent.

D'un coup de dent, elle a dévoré mon cœur, puis l'a gardé et je suis reparti de Gurs sans qu'elle me l'ait rendu. Tu vois, je suis revenu avec tout le reste, mais plus rien ne bat en moi.

Elle s'est abandonnée à mon amour avec une passion brutale, exacerbée par nos conditions de vie, par la promiscuité obsédante des autres, de leurs conflits, de leur fraternité. Comme je te le disais dans ma lettre, à Gurs tout est décuplé. Nous vivions à huis clos, l'exaspération des uns se mêlant à l'espérance des autres, la désillusion s'abreuvant à la fontaine de nos idéologies.

Nous nous sommes aimés parce que c'était Gurs, et cette vérité ne m'échappe pas. Ce lieu nous a permis d'être au plus près de nous-mêmes, abolissant crûment les pudeurs. Mais, malheureusement, notre amour a vite été découvert et elle a été affectée à un autre camp.

C'était quelques jours avant notre libération. Elle est partie un matin très tôt, sans un mot, me laissant comme ultime souvenir le goût de ses larmes à la commissure de mes lèvres. Elle a gardé mon cœur et depuis, Ama, je ne respire plus que son parfum, que l'immensité de son regard perdu. Mon corps s'est rempli de son absence.

Nous ne nous reverrons sans doute jamais. Pourquoi en serait-il autrement ? Pourquoi, alors que nous traversons ce temps où s'aiguise la haine, l'amour prendrait-il sa revanche ?

Les circonstances, les lieux, les ressentiments, les hostilités nous ont liés l'un à l'autre pour aussitôt nous éloigner.

Hanna, ma pensée est dévorée par son nom, par son corps profond, glissant, mouvant, par nos étreintes, par ce passé brûlant qui, il y a quelques jours encore, nous liait. Où es-tu ?

Le silence qui m'enlace maintenant ne me laisse aucun espoir et je sais qu'il me faut attendre. Attendre que le temps fasse son œuvre d'amnésie.

Ama, je ne me reconnais plus. Je ne suis plus tout à fait moi-même sans pourtant être un autre. Les regards que tu as si justement surpris sont à la recherche de mes certitudes passées. Les retrouverai-je un jour ? »

Les mots de Sebastián sont repartis comme ils étaient venus, en s'évanouissant dans le silence. Nous sommes restés là, assis dans le froid, à les regarder disparaître complètement, à laisser la légère ombre qu'ils formaient sur le chemin se dissiper dans le vent.

Zantzu a une raison inavouée d'être heureux du retour des oncles, il va pouvoir reprendre son investigation. Les nouveaux arrivants qui les accompagnent sont certainement informés de la plupart de leurs activités, peut-être même de toutes. Zantzu veut les interroger, l'air de rien, en jouant à l'enfant curieux. Il est persuadé que, sans y prendre garde, ils lui dévoileront quelques secrets.

Un après-midi, alors que l'hiver se pose lentement sur les pins, il se décide à parcourir le champ qui sépare les deux fermes. L'heure est propice, les hommes doivent être assoupis.

Zantzu traverse le champ d'un pas décidé, pressé par la curiosité de ce qu'il espère découvrir. Il marche les mains dans le dos, la tête légèrement penchée vers le sol, les pensées perdues dans les herbes hautes, elles-mêmes fragilisées par l'hiver approchant. Ses galoches à semelles épaisses écrasent la prairie rousse, ses jambes frêles cisaillent l'air.

Zantzu, petite tache brune, avance dans l'immensité végétale, n'entendant ni les avions, ni le vent glaçant qui s'enroule autour de lui.

À l'approche de la maison, il ralentit son allure. À quelques mètres de la bâtisse, une clameur sourde parvient à ses oreilles. Que se passe-t-il dans la ferme ?

Discrètement, il s'accoude à une fenêtre. Les hommes sont de dos, debout autour de la cheminée. Ils chantent.

Une mélodie basque qui s'est perdue dans les courants marins et a fini sa course dans les filets d'un pêcheur-poète. On dit que l'homme la ramena à terre. Encore toute malmenée et abîmée par les mailles qui l'avaient enserrée, la mélodie se reposa quelque temps dans l'âme de cet homme afin de recouvrer un peu de sa beauté et de sa fraîcheur. Le pêcheur la maintint au chaud. Il la garda au secret de son cœur de longs mois, jusqu'au jour où elle se sentit prête à vibrer à nouveau.

Ce fut un matin, le pêcheur et ses compagnons admiraient le soleil se lever depuis leur embarcation en bois. La mélodie s'ébroua et s'échappa du corps qui l'avait si chaleureusement accueillie. Elle s'en retourna libre vers les sirènes. Pour remercier le pêcheur de sa générosité, elle lui laissa les quelques notes dont elle était faite et qui éblouissent les sens pour toujours. Et les compagnons du pêcheur reprirent en chœur la mélodie surgie de la bouche de leur ami, puis la colportèrent à terre. Depuis ce jour, ce chant parcourt les cœurs de ceux qui veulent bien l'entendre.

C'est maintenant à Zantzu d'être le témoin de sa beauté, de ce qu'elle recèle d'harmonie et de force.

Les hommes chantent. L'enfant ne voit pas leurs visages, mais il sent bien que leurs yeux sont fermés, que tout leur corps tremble, que leurs souffles s'entremêlent, faisant vibrer à travers l'instant présent l'âme des disparus.

Zantzu pleure sans s'en apercevoir.

Et si leur secret était là ? Dans la joie de partager une mélodie de là-bas ?

Quand le chant s'épuise, les têtes se baissent et le silence se pose.

L'enfant se laisse glisser sur ses talons. Il attend quelques instants, puis repart vers la ferme.

Tôt le matin, Aïta et Otzan s'en vont chercher les deux vaches pour les harnacher à la charrue. Depuis quelque temps déjà, Aïta a commencé le labour. Il est souvent accompagné d'un de ses fils, qui fait avancer les animaux pendant que lui guide la charrue.

Le froid s'est insinué entre les pins, la terre ne va pas tarder à geler. Aïta est pressé de l'avoir retournée tout entière, il ne lui reste plus qu'une petite parcelle et ce sera fait.

Les vaches exhalent de leurs naseaux une buée dense et chaude. Otzan aimerait plaquer ses mains sous cette source vaporeuse de chaleur. Il est heureux d'être seul avec Aïta, ces instants de complicité sont rares.

Otzan l'a entendu se lever et se préparer du café. Toute la maisonnée dormait encore, sauf lui, l'aîné, qui depuis quelque temps s'éveille à l'aube. Il s'est levé à son tour, le plus discrètement possible afin de ne pas réveiller ses frères, et il a rejoint Aïta dans la cuisine.

– Tu veux venir avec moi au labour ?

– Oui, s'il te plaît.

Ils n'ont pas échangé d'autres mots. Ils sont maintenant à mi-champs, leurs pensées pendues au pas des bêtes, à ce balancement qui rythme inexorablement leur avancée. Les regards du père et du fils se croisent lorsqu'un sillon se termine et qu'ils doivent tourner l'attelage pour commencer le prochain. De cet échange naît invariablement un sourire, expression du bonheur partagé de retourner ensemble cette terre qui, bien qu'elle soit étrangère, leur permet d'être unis, de survivre, et parfois même d'oublier la guerre qui les a chassés d'Espagne, cette autre terre qui n'est plus que souvenirs.

Otzan, contrairement à ses frères, est celui qui se souvient avec le plus de précision de la maison d'Aranjuez, de cette vie douce à savourer les jours qui passaient sans heurts, sans la moindre ombre, sans la moindre angoisse des lendemains.

En traversant la Bidassoa, Otzan a senti que son âme se fissurait, se brisait. Depuis, il jongle avec les éclats épars en tremblant de se couper les doigts.

Il examine ses mains, elles sont encore intactes, blanches, ses mains aux rêves oubliés de pianiste, qui guident à présent les vaches, qui caressent leurs naseaux fumants.

Si l'âme d'Otzan s'est définitivement brisée en passant la frontière, elle était auparavant déjà fragile. Depuis des années, il éprouvait en effet l'étrange sentiment d'être orphelin.

Était-ce le paludisme qu'il avait contracté tout jeune qui, en plus des fièvres délirantes qu'il provoquait, lui avait transmis ce sentiment nouveau et persistant d'être destitué de tout lien filial ?

Quand, enfant, il sortit de sa torpeur fiévreuse, Otzan contempla la femme au visage défait par l'angoisse qui s'était assoupie à son chevet. Cette femme, il avait l'habitude de l'appeler Ama.

Mais était-ce bien elle ? Pouvait-il être sûr qu'elle était bien sa mère ?

Ce doute ridicule s'immisça en lui et s'installa de manière durable. Jusqu'au passage de la frontière où il s'exacerba davantage. Soudain, Otzan se sentit non seulement orphelin, mais aussi coupable de l'être, et l'incompréhension qu'il ressentait face à leur exil forcé accentua encore sa vulnérabilité.

Qui a décidé qu'un pays commençait là et finissait ici ? Pourquoi se détestent-ils tous ?

Otzan jongle avec ses bouts d'âme éclatée, chacun représentant un des personnages de la famille. Les angoisses des uns et des autres se sont cristallisées en lui et il s'est soudain senti responsable de la marche de l'histoire.

En ce matin de labour, son cœur s'allège, il ne doute presque plus d'être le fils de cet homme dont il perçoit la force silencieuse.

Aïta, pierre au cœur de lave
Brûlant mon âme éclatée,
Tu dépouilles mes mains de leur fragilité.

Le père a compris que dans l'esprit de son fils les doutes ont pris la place de l'espoir. Il enrage intérieurement de ne pouvoir trouver les mots qui consoleraient son enfant, ce premier qu'il a accueilli en tremblant des mains de l'accoucheuse.

Otzan, je ne peux t'offrir que mes pensées réconfortantes et ces instants de silence complice où le doute se perd dans la brume matinale, où nos sourires tissent une toile de tendresse.

6 janvier 1940

Les enfants ont ouvert leurs cadeaux ce matin. Peu de choses les attendaient et pourtant rien n'a altéré leur bonheur. Je regarde mes fils. Ils m'obligent à m'émerveiller encore du plus simple. Iduri a dansé de bonheur avec les quelques tubes de peinture à l'huile et la petite toile qu'Aïta avait tendue sur un châssis. Dans ses nombreuses heures de solitude, il s'assoit à la table de la cuisine et continue de recopier inlassablement au crayon les illustrations de l'encyclopédie que Mademoiselle Églantine lui a donnée lors de notre départ. Je suis étonnée de son talent, la dernière œuvre qu'il a recopiée est une Vierge à l'Enfant de Raphaël. En découvrant ses tubes, il s'est écrié : « Je vais pouvoir la faire en couleurs ! » Mais, au cours de la journée, il a eu une autre idée : faire le portrait de son grand-père. Il s'est tout de suite mis à l'ouvrage, obligeant son modèle à poser patiemment. Nous verrons le résultat bientôt. Iduri est cependant sûr de son fait et répète sans cesse : « Ama, tu n'en croiras pas tes yeux ! »

Nous nous sommes tous retrouvés pour manger dans notre ferme. Combien d'hommes autour de notre table ? Treize, auxquels s'ajoutent deux femmes (ma mère et moi). Ceux qui logent avec les oncles passent, viennent et repartent. Ce sont des connaissances ou parfois de nouveaux visages. Mais je dois dire qu'ils sont toujours affables et chaleureux. Ils portent en eux un peu de l'esprit de là-bas. Nous parlons et nous rions des mêmes choses. Nous en oublions presque le froid qui nous glace.

Depuis un mois, l'eau gèle dans la cuisine, les gestes les plus simples deviennent une corvée insurmontable. Parfois, je jette un coup d'œil furtif à mes mains et je les vois rouges, violettes aux ongles, et je repense à leur blancheur de jadis, à leur douceur, aux bagues qui les ornaient. Depuis que nous sommes ici, elles ne font que servir. Toujours les autres, d'abord les hommes, qui me remercient rarement. Moi, les mains dans l'eau à nettoyer ce qui doit l'être, à recommencer encore et encore. Je ne me plains pas, c'est ainsi. Cette place est celle qui m'a été assignée, mais parfois, l'espace d'un instant, je me prends à contempler mes mains, leurs sinuosités, leurs crevasses écarlates qui relatent, à elles seules, les épreuves traversées.

Oublions cela et rappelons-nous uniquement la chaleur qui circulait entre nous tous aujourd'hui. Les regards brillaient, les bouches s'enivraient. Malgré ces temps orageux et glacials, nous sommes toujours là, ensemble.

Les nuits sont encore plus froides que les jours. La température dans la chambre des garçons avoisine les moins dix degrés. Ils se déshabillent à peine avant de se mettre au lit, ils enlèvent seulement leurs galoches et les journaux qu'ils ont soigneusement intercalés entre deux épaisseurs de tricots pour garder un peu de la chaleur de leurs corps. La grand-mère ne lâche pourtant jamais ses aiguilles et ses pelotes de laine, mais malgré cela le froid s'immisce partout, ne leur laissant aucun répit.

Les enfants se préparent pour aller au lit à une vitesse fulgurante. C'est à celui qui se couchera le premier. Une fois qu'ils ont plongé sous les couvertures, plus rien ne dépasse, les têtes se sont cachées, les mèches de leurs cheveux sont abritées jusqu'au lendemain matin.

Ils passent le reste de la nuit immobiles, bercés par le bruit régulier de leurs respirations. Il en est ainsi chaque soir, sauf quand Iduri, téméraire, est pris de somnambulisme et se lève. Plus rien ne l'arrête alors, ni le froid, ni le vent.

Lorsque toute la maisonnée est engourdie de sommeil, Iduri, les yeux entrouverts, les bras tendus, part à la recherche d'une invisible proie. Il ouvre la porte de la chambre et commence son périple. Toujours le même.

Il passe d'abord dans la salle à manger, tourne plusieurs fois autour de la table, s'arrête quelques instants devant la cheminée. Ensuite, ses pas hésitent un peu.

À droite ? À gauche ?

Invariablement vers la cuisine où il fait à nouveau une petite halte devant l'évier en pierre. Puis il poursuit son chemin et ouvre la porte qui donne sur le jardin. Il sort, et ses grosses chaussettes en laine s'imbibent aussitôt de neige. Décidé et insensible au froid qui glace ses pieds, il avance vers l'arbre de la chouette.

L'oiseau a élu comme perchoir nocturne le grand tilleul du jardin. Mais combien de nuits l'effraie pourra-t-elle encore sortir ? Ses forces s'amenuisent rapidement, la nourriture manque. Le froid oblige les souris et les mulots à rester au chaud de la terre.

Iduri s'inquiète de la survie de l'oiseau et, dès que son sommeil le lui permet, il rend visite à la dame blanche. Il s'approche du tilleul et, quand ses mains tendues frôlent l'écorce, ses bras s'écartent pour embrasser le tronc de toutes ses forces. Il l'étreint longuement, avec ferveur, malgré ses pieds qui se figent, prisonniers de la glace.

La chouette regarde l'enfant qui est venu jusqu'à elle et qui s'agrippe au tilleul sur lequel elle aime se poser. Elle ne s'étonne plus de le voir. Elle sait qu'il est là pour une chose : la contempler prendre son envol. Alors elle n'attend pas et, dans un battement d'ailes silencieux, elle s'élance. L'enfant, les yeux entrouverts, la suit de son sourire aveugle.

Quand le trait blanc s'est détaché des branches nues, Iduri s'en retourne. Son chemin suit exactement les mêmes méandres qu'à l'aller : la cuisine et son évier, la salle à manger et sa cheminée, enfin la chambre. C'est là, à l'instant précis où il rentre dans sa chambre, qu'Iduri est pris, à chaque fois, d'une irrépressible envie d'uriner.

Les bras tendus, il cherche alors frénétiquement le pot de chambre. Tout son corps tremble tant son envie est pressante. Aveugle et maladroit, il se trompe, saisit une chaussure et se soulage dans ce qu'il croit être un récipient en faïence. Iduri choisit toujours l'une des galoches d'Otzan. Jamais l'une des siennes ou de Zantzu.

Puis il va se recoucher, les pieds givrés, la vessie vide, et se rendort jusqu'au moment où Otzan, exaspéré, réveille toute la maison en s'écriant :

– Le salaud, il a encore pissé dans ma chaussure !

21 mai 1940

Depuis hier, nous avons définitivement perdu la guerre. L'Espagne nous ferme ses portes et le dictateur s'assure de longues années de règne où la moindre voix discordante sera muselée.

Cette nouvelle ne nous a pas étonnés, nous nous y attendions d'un jour à l'autre. Mais quel déchirement !

Andrés est venu en pleurs, il s'est effondré dans mes bras comme un enfant. Lui qui est pourtant si au fait de l'actualité, lui qui chaque soir nous disait : « Tu verras, ce sera demain que l'Espagne nous abandonnera ! »

Et ce jour-là était maintenant. Il est passé. C'était hier.

Andrés hoquetait et je ne trouvais aucun mot pour le réconforter. Seule l'absurdité de notre situation me venait à l'esprit.

Pourquoi un peuple doit-il s'écharper ainsi ?

Et ceux de la famille d'Aïta qui sont là-bas, que pensent-ils ? Nous haïssent-ils ? Les reverrons-nous un jour ? Pourquoi Aïta doit-il subir cette double blessure ?

Perdre son pays et sa famille, devoir choisir entre l'un et l'autre...

Au nom de quelle loi, de quelle idéologie ?

Les errements de l'âme humaine me sont incompréhensibles.

Dieu y voit-il plus clair ?

Je me prends à douter.

Des jours, des semaines, des mois ont passé. L'hiver a été long, très froid, mais personne n'en est mort. Ils ont tous résisté.

Puis le printemps est revenu doucement. Les esprits et les corps se remplissent à nouveau de chaleur, et ceci malgré les nouvelles du front qui ne sont pas bonnes. L'armée allemande avance à grande vitesse, une marée humaine de Français effarés se déverse vers le sud. Dans la ferme, les esprits se terrent, chacun apprend à vivre au jour le jour. Pour soi.

Depuis que les Allemands sont entrés en France, les visages de ceux qui vivent chez les oncles changent de plus en plus souvent. Ils tissent un réseau qui bientôt chevauchera les Pyrénées et franchira l'Atlantique.

Ama passe d'une ferme à l'autre, s'activant au bien-être de chacun. Souvent elle maudit cette condition de femme qui l'oblige à se taire, à astiquer en silence le quotidien de tous, même de ceux qu'elle connaît à peine et qui ne restent que quelques jours, qui la croisent lors de leurs repas communs sans jamais la voir, sans jamais la considérer comme un être à part entière. Ces hommes qui se battent pour un idéal, pour « la sauvegarde de l'humanité » comme ils le disent eux-mêmes, ne semblent même pas remarquer sa présence. Un jour, trop lasse, elle est partie sans faire les lits, sans mettre la table, sans avoir rien préparé. Elle a pris son vélo pour aller jusqu'au village, puis s'est assise dans l'église et a attendu que les heures s'égrènent. En début d'après-midi, elle est rentrée. Tous étaient attablés, ils l'ont regardé s'asseoir parmi eux. Le cousin Miguel a rompu le silence, en la remerciant au nom de tous. Elle a répondu en riant que, dorénavant, elle irait prier plus souvent.

La grand-mère coupe, rapièce, ourle tous les vêtements récupérés : les pantalons longs des uns deviennent les pantalons courts des autres.

Le grand-père regarde sa montre, compte les heures qui le séparent du prochain repas et, en attendant de s'asseoir à table, compare sa vie d'aujourd'hui avec celle d'hier.

Aïta se démène pour que la récolte de cette année soit fructueuse. Il y met toutes ses forces, toute sa solitude. Les oncles l'accompagnent rarement, il est souvent obligé de quémander leur aide. Mais les autres ont trop à faire, les travaux des champs ne les intéressent pas. À plusieurs reprises, Aïta les a menacés de cesser de les nourrir. Alors les oncles ont promis d'aider pour quelque temps, jusqu'à la prochaine arrivée de documents urgents. Aïta ne veut plus croire qu'au pouvoir de ses propres mains.

N'avoir confiance qu'en soi et se méfier des autres.

Il fait le pain pour tous, perfectionne aussi sa recette de savon à base de suif, de cendre et de saindoux. Le boucher lui a promis, en échange d'un petit veau, une machine à hacher la viande et à faire les saucisses. Bientôt ils auront leurs chorizos, leurs jambons, leurs légumes. Avec les quelques pieds de vigne qu'il a taillés pendant l'hiver, il fera un peu de vin, assez pour leur propre consommation. Il voudrait aussi avoir des ruches et récolter le miel.

Aïta, oubliant son dos fourbu, s'émerveille de ce nouveau printemps, de cette nature qui, après de longs mois de recueillement, jaillit en exhibant couleurs et parfums.

La soirée de la Saint-Jean est gaie. Ils se sont retrouvés autour d'un agneau qu'Aïta a fait patiemment rôtir à la broche. Le vin aidant, les langues se sont déliées, les rires ont fusé.

Tous fêtent l'arrivée d'un meuble un peu particulier : une radio. Otzan, ravi, tourne le bouton à la recherche de quelques notes de musique. Passent mots et grésillements, quand brusquement s'élève du poste la voix de Tino Rossi.

Ô bella Réginella
Ce soir ma villanella
Te dira cher amour
Jusqu'à l'aurore
Que je t'adore.

Ils applaudissent, heureux de pouvoir écouter cette chanson teintée de contrebande et de soleil, heureux de savoir que cette radio les reliera au monde extérieur, abolissant les frontières, révélant les bonnes comme les mauvaises nouvelles.

Les oncles pourront suivre, heure par heure, l'avancée des Allemands, et Otzan espère voler à nouveau quelques instants de grâce, l'oreille tendue vers un piano imaginaire.

De l'agneau, il ne reste rien. Des îles flottantes, plus une trace. Les paupières s'alourdissent, les rires s'éteignent lentement. Les enfants sont maintenant couchés, le grand-père s'est assoupi dans le fauteuil près de la cheminée. Les oncles et leurs amis se lèvent et prennent congé.

La grand-mère réveille timidement son mari, ils regagnent bras dessus, bras dessous leur chambre. Il ne reste plus qu'Ama et Aïta.

Ama se sent légère, ses doutes et sa fatigue se sont évanouis, elle savoure ce bien-être si rare. Le sourire aux lèvres, elle s'approche d'Aïta et l'enlace.

– Je suis heureuse.

Il la regarde longuement. Elle est là, sa femme, telle qu'il l'a rencontrée aux premiers jours de leur idylle, avec ses yeux rieurs, sa bouche finement dessinée, sa peau de lune. Il la prend dans ses bras et l'emmène doucement dans le salon, puis, après avoir poussé la grande table et ses chaises, il allume la radio : c'est un tango.

Aïta se tourne vers Ama, qu'il tient toujours enlacée.

– Depuis combien de temps n'avons-nous pas dansé, mon amour ?

Il n'attend pas la réponse, son bras impérieux serre Ama contre son cœur et, en cette nuit profonde de juin, leurs pas soulèvent du sol un léger nuage de terre battue.

Ama se laisse aller, ferme les yeux et tourbillonne.

Aïta, il y a si longtemps que nous n'avons pas dansé, et pourtant je n'ai rien oublié de ta peau, de ta chaleur. Ton corps s'est gravé dans le mien et, maintenant que tu mènes cette danse, je nous revois ébauchant notre amour, hésitant à l'écrire. Et ce soir, nous sommes là.

En t'aimant toi, j'ai renoncé aux autres. Ma seule connaissance, c'est toi et ta vigueur, toi et ta douceur, toi et ton amour.

Au cœur de notre exil, nous avons su garder la force du désir qui nous lie au-delà de nos épuisements, de nos peurs.

Aïta, la certitude d'être tienne me permet de m'ouvrir, d'oublier mes craintes, de les laisser s'envoler.

Nous nous sommes exilés au chaud de notre terre intérieure, ce royaume inconnu des autres dans lequel nous ne pouvons pénétrer qu'à deux. En avançant nous découvrons ce monde luxuriant, coloré, à la fois tendre et ardent, où nous nous remplissons de l'autre en nous dépouillant de nous-mêmes.

Sauvons-nous encore, profitons de cette musique langoureuse pour partir loin de cette réalité grise, loin de cette ferme.

Échappons-nous, lovons-nous l'un en l'autre dans le rouge de nos cœurs pour souffler encore sur le brasier de nos âmes.

L'étreinte d'Aïta est vive.

Ama, je n'ai pas de mots, je ne porte en moi que du silence. Et pourtant ce silence, loin d'être vide, est plein de vie, plein de toi. Je le sens se mouvoir comme une force lente, constante, comme une masse ardente. Tes mains diaphanes l'ont sculpté pour lui donner tes traits. Je n'ai qu'à fermer les yeux et tu es là, en moi, à portée de cœur.

Enlacée.

Comme j'aimerais te décrire ces silences qui sont les miens, leurs approches furtives de toi, à l'affût d'une caresse. Comme ils se faufilent dans mon souffle pour soulever, sur ta nuque, les mèches de cheveux qui s'échappent de ton chignon. Y déposer un baiser.

Ama, tu as chassé de mon âme tout ce qui devait l'être pour n'y laisser que l'essentiel de l'émerveillement et de l'amour.

Chacun de tes sourires abandonne, à son insu, une bribe de toi en moi. Ces bribes sont devenues un jardin fou, une forêt où chaque arbre porte un souvenir de nous. Je m'y promène à ma guise, toujours ébloui par ces instants passés ensemble et par l'espérance de ce qui nous reste à vivre.

Ama, perdons-nous encore.

10 juillet 1940

Plus aucun doute n'est possible, je suis enceinte. Quand j'ai réalisé que ce que je soupçonnais était vrai, j'ai reçu un coup de poignard en plein cœur. Les autres fois où j'ai appris que j'attendais un enfant, ma joie a été immense. Cette fois-ci, sans que je puisse véritablement m'en expliquer les raisons, c'est le désarroi qui m'a envahie.

Pourquoi ?

Est-ce parce que cet enfant a été conçu et naîtra en France ?

Peut-être.

C'est, quoi qu'il en soit, la première raison qui me vient à l'esprit quand je pense à ma tristesse. Cette naissance serait le symbole d'un attachement durable à cette terre, et plus je sonde mon cœur, plus je m'aperçois que je ne le désire pas. Finalement, je préférerais que rien ne nous attache à ici. Je veux bien y vivre le temps qu'il faudra, y mourir aussi s'il le faut, mais pas m'y attacher.

Rester étrangère, sans racines.

La vie est si forte que déjà elle grandit dans mon ventre. Et si c'était une fille ? Et si elle naissait sur cette terre battue, dans la pauvreté où nous sommes plongés ? Non.

À longueur de journée, je secoue la tête en signe de désaveu contre le destin.

Non, je ne veux plus porter la vie, je l'ai assez fait.

Pourquoi ces sentiments en France, alors qu'en Espagne j'aurais certainement bondi de joie ? Ai-je perdu la raison ?

Suis-je finalement plus malheureuse ici que je n'accepte de le croire ?

Mon écœurement est physique et ma nausée persistante. Mes prières sont incessantes pour que cesse cette grossesse.

La vie me rappelle à elle en me forçant à ne jamais oublier que je fais partie de celles qui peuvent la donner et que l'amour n'est pas seulement attachement et désir, mais aussi le début de tout.

Que ce dégoût s'enfuie de mon cœur ! Que la vie nous laisse en paix, nous avons déjà assez à faire ici : les enfants, les autres, la guerre, les angoisses.

Je ne veux pas d'un enfant qui naisse dans cette misère-là.

Avant, nous étions ailleurs. Là-bas, j'étais une femme heureuse de porter la vie. Ici, je ne fais que la supporter.

Ama n'a annoncé la nouvelle à personne. Elle garde son secret ancré en elle.

Le matin, elle se lève et se concentre sur ce qu'elle doit faire. Préparer le petit déjeuner pour Aïta, les enfants et ses parents.

Ne pas penser. Sourire.

Faire ensuite les lits. Toujours sourire.

Zantzu et Otzan partent à l'école. Aïta est trop occupé par les travaux des champs pour s'apercevoir d'un quelconque changement chez sa femme. Elle envoie Iduri garder les vaches, quant à ses parents, il y a bien longtemps qu'ils ne lui posent plus de questions.

Avant de partir à pied vers l'autre ferme, elle s'assoit dans la cuisine et boit un reste de café froid. Par la fenêtre, elle regarde la nature changer autour d'elle. Le soleil est là, éclatant, abreuvant de toute sa force la flore environnante. Elle pense à l'enfant qu'elle porte. C'est une fille, elle en est sûre. Ama s'habitue un peu à sa présence. Sans l'aimer, elle la tolère presque. Elle et elle sont dans le secret.

La beauté du soleil et du vent est ponctuée par des tirs. Depuis quelques semaines, les Allemands sont là, jusque dans leurs champs, pour surveiller la centrale électrique. Ama ne les a pas encore croisés.

Le café est froid, amer. Personne n'est là, elle n'est plus obligée de sourire, mais impossible de ne pas penser. Elle observe le marc de café qui tapisse le fond de sa tasse. Les petites lignes laissées au gré du liquide ne forment à première vue qu'un amas incohérent. Puis elles bougent, se mêlent, se tressent jusqu'à laisser surgir une danseuse. Son ventre est nu. Elle s'élance, tourne dans le fond de la tasse. Les petites lignes prennent vie, entraînant, l'espace d'un instant, les pensées d'Ama dans un tourbillon oriental.

Elle se lève.

Ne pas penser. Oublier la rêverie.

Il est l'heure d'aller à l'autre ferme, faire les lits, ranger. Ama recouvre sa tête d'un petit fichu vert clair et enfile ses sabots. Elle marche à travers champs, l'esprit vide. Elle ne porte aucune attention à ce qui l'entoure, n'entend pas les cris du soldat posté près de la centrale. Il lui faut plusieurs minutes pour comprendre que ces hurlements incompréhensibles lui sont adressés.

Elle s'arrête à mi-parcours, le soldat allemand s'approche. Il est jeune, à peine plus âgé qu'Otzan, se dit-elle, le regard azur, la peau laiteuse couverte de taches de rousseur. S'il n'était pas revêtu d'un uniforme et d'un casque, s'il ne tenait pas serrée dans son poing une carabine, on pourrait le prendre pour un ange échoué. La dureté de son regard ne laisse pourtant aucun doute sur ses véritables intentions.

Ama s'apprête à s'enfuir quand un coup de crosse dans ses jambes l'en dissuade. Elle regarde l'ange-soldat droit dans les yeux, elle y lit de la cruauté et une pointe d'amusement.

Pourquoi ?

Cette incompréhension ouvre dans son corps les valves de la peur. Une peur qui se diffuse lentement dans son ventre.

L'ange-soldat hurle à nouveau. Ama ne comprend pas. Il semble attendre quelque chose d'elle. Avec sa carabine, il désigne le noyer qui s'élève seul au milieu du champ d'herbes folles. Il crie en montrant l'arbre, presse Ama.

La peur maintenant atteint son cœur, raidit ses jambes, elle parvient à peine à avancer.

Ils arrivent près de l'arbre. L'ange-soldat oblige Ama à se mettre debout face à lui, dos contre le tronc. Tout le corps d'Ama tremble, son fichu s'imprègne de sueur froide. L'ange-soldat continue de crier, mais Ama ne l'entend plus. Soudain, il lui plante le canon de sa carabine dans le ventre. Plus rien ne bouge, plus rien ne tremble chez Ama. Il recule de quelques pas. Elle ne respire plus, elle va perdre connaissance.

L'ange-soldat vise la tête. Le temps s'arrête. Les oiseaux se taisent, les feuilles ne bruissent plus. Tout est en attente. La vie ? La mort ?

L'ange-soldat appuie sur la gâchette. Au dernier moment, il a relevé un peu son arme pour que la balle aille se loger juste au-dessus du visage d'Ama, dans le tronc de l'arbre.

Au bruit de l'impact, elle s'évanouit.

L'ange-soldat rit. Il est si facile de faire peur, de tenir les gens à genoux. Il suffit d'une carabine et d'un peu d'esprit.

Il court maintenant à travers champs. Son rire fuse, réveillant le temps qui s'était immobilisé. Les feuilles bruissent à nouveau, les oiseaux reprennent leur vol.

Ama se lève quelques minutes plus tard, la bouche sèche, l'esprit crucifié à cet arbre, à l'endroit même où la balle s'est incrustée. Elle marche jusqu'à la ferme, fait les lits comme il se doit.

Au retour, dans l'espoir de ne jamais revoir l'ange-soldat, elle prend la route ajoutant à son parcours quelques kilomètres.

Quand Aïta apprend de la bouche d'Ama la rencontre qu'elle a faite dans le champ, il est pris de fureur. Il saisit son fusil et sort de la ferme.

– Où es-tu soldat de la honte, soldat de la haine ?

Aïta avance à grandes enjambées. Ama court derrière lui. Elle tente de le rattraper malgré ses sabots qui la gênent.

– Où est-il ? Qu'il se montre celui qui a osé te toucher !

– Aïta, reste, attends-moi ! Oublions. Je suis en vie. Ne prends pas de risques, ce soldat est fou !

– Peu m'importe sa folie, qu'il vienne se frotter à la mienne ! Soldat à l'esprit putride, montre-toi !

Aïta est maintenant au milieu du champ, à l'endroit exact où sa femme a rencontré l'ange-soldat. Il crie :

– Viens ! Je n'hésiterai pas, moi, je viserai entre tes deux yeux sans trembler.

Ama, en pleurs, s'est agenouillée dans l'herbe. Ses sanglots ont le goût de la peur qu'elle a éprouvée le matin même. Elle n'a plus de forces.

Les enfants sont sortis de la maison. Ils n'ont pas très bien compris ce qui s'est passé. Ils n'étaient pas là lorsqu'Ama a raconté, elle a préféré les protéger. Ils ont simplement vu Aïta partir en furie et Ama courir derrière lui.

– Que se passe-t-il ?

La grand-mère tente de leur expliquer, de trouver les mots justes, mais, très vite, elle s'aperçoit qu'il n'y en a pas. Elle finit par leur dire tristement :

– La guerre, c'est cela : la haine, les cris, l'incompréhension, la peur, la mort.

Iduri l'imagine comme un monstre rampant à la gueule abyssale où s'engouffrent des tas de cadavres désarticulés. La guerre, c'est cela aussi : l'imaginaire d'un enfant qui passe de la lumière à l'ombre.

Les trois frères, sur le pas de la porte, regardent leur père qui hurle. Ses cris qui restent sans réponses. Ils voient les bras qui soudain s'abaissent, le canon de son fusil qui touche terre. La fureur s'est envolée, l'abattement s'installe.

Aïta rejoint finalement Ama et l'aide à se relever, puis il la serre contre lui.

– Tu es mon amour, ma femme, mon unique, ma terre promise. À partir d'aujourd'hui, je t'accompagnerai le fusil au poing et, tu verras, personne ne s'approchera de toi.

– Merci, lui répond-elle dans un souffle.

Ensemble, l'un contre l'autre, ils rentrent à la ferme.

Zantzu et Iduri les attendent sur le seuil de la porte. Otzan s'est réfugié près de la radio. Il murmure :

La balle a transpercé en plein vol
Le corps fragile du martinet,
Ses plumes ruissellent dans le ciel.

Sebastián et un Anglais qui passe régulièrement par la ferme sont assis autour de la table. Ils échangent les dernières nouvelles, elles ne sont pas bonnes. Sebastián vient d'apprendre que les cousins ont été déportés vers l'Allemagne. La destination précise est inconnue, ils sont partis en train avec d'autres. Presque aucune information ne filtre à propos des camps allemands, mais ils se doutent bien qu'un internement si lointain et dans le camp ennemi ne peut présager que des souffrances.

L'Anglais prend sa respiration et avec effort poursuit :

– Sebastián, il y a autre chose que je dois te dire. C'est à propos d'Hanna. Je l'ai croisée brièvement au camp de Bram, elle était dans l'infirmerie, le regard noyé de tristesse. Elle m'a demandé si je te connaissais. Quand je lui ai répondu par l'affirmative, son visage s'est soudain éclairé de joie. « Enfin, je rencontre quelqu'un qui le connaît », s'exclamait-elle. Elle m'a dit qu'elle posait la question à tous ceux qu'elle croisait, mais que jamais personne n'avait acquiescé. « Va le voir et donne-lui ça. » Tout en parlant, elle a détaché de son cou un petit pendentif en forme d'étoile de David. « C'est tout ce que j'ai, dis-lui de le porter, de ne jamais m'oublier. » En prononçant ces mots, son sourire s'est évanoui.

L'Anglais sort de sa poche une feuille de journal pliée. Le pendentif est là.

– Je te le donne.

Sebastián n'ose pas toucher le petit carré de papier. Le temps avait commencé à faire son effet, Hanna était allongée dans ses souvenirs, dans le passé. Et, soudain, elle revient. Brusquement, elle est là. Ici. Maintenant.

Sebastian n'ose même plus regarder le papier journal si méticuleusement plié. Ses mains posées sur ses genoux se mettent à trembler.

Toucher ce bout de papier, c'est te faire pénétrer dans ma vie à nouveau. C'est jeter de l'acide sur ma plaie. Et pourtant je suis si heureux que tu sois là, que tu sois parvenue jusqu'à moi. Hanna, tu étais, il y a un instant encore, endormie dans ma mémoire, et voilà que soudain tu prends ma main et que, nerveusement, j'ouvre le minuscule paquet que tu m'as destiné. Au contact de l'or, je pleure. C'est au-delà de mes forces de retenir ce passé qui resurgit sans m'avertir.

L'Anglais garde le silence. Il connaît cette souffrance. Dans son histoire à lui, il y a aussi une femme perdue. Combien d'amours volées dans cette guerre ?

Sebastián garde maintenant le pendentif bien serré dans sa main. L'Anglais, d'une voix éraillée, brise le silence. Son souffle se fissure, ne laissant s'échapper qu'un infime filet de voix.

– Je dois te dire encore une chose. Elle aussi est partie. Elle a été déportée, mise dans un train en direction de l'Allemagne, comme tes cousins.

Sebastián entend la nouvelle et ce qu'elle contient de silence, de tunnels, de froid, d'angoisse. Mais sa pensée s'arrête là, ne franchissant pas la frontière de la réalité bien plus dure. Celle qui fera d'Hanna une femme agenouillée dans la neige, abattue d'une simple balle dans la nuque, qui videra le visage aimé de son sang, le laissant se noyer dans la flaque rouge et fumante qui se propagera lentement sur le blanc immaculé.

Les deux hommes se regardent longuement. L'Anglais n'ose plus prononcer un seul mot, tant tous ceux qu'il a dits jusque-là n'ont été que d'effroyables nouvelles. Il s'en veut de n'avoir apporté que malheur et désolation.

Sebastián, malgré sa propre tristesse, devine le désarroi de son interlocuteur.

– Tu as bien fait de venir jusqu'à moi et d'avoir le courage de me dire cette vérité si dure à entendre. Mais, maintenant, laisse-moi aller seul pour retrouver mes esprits.

Sebastián sort, il va dans le champ où paissent les vaches. Au loin, il entend le vrombissement d'un avion qui s'approche. Il aperçoit aussi Iduri qui court, éperdu, derrière le bolide, les mains tendues vers le ciel, le visage éclatant de joie.

– La vie est là qui ne nous lâche pas, murmure-t-il. Hanna, tu es loin et pourtant tu respires en moi. La nature, le soleil, l'enfance poursuivent leurs chemins sans se soucier de nos souffrances.

Il attache le pendentif à sa cheville, en se disant que ses chaussettes et ses pantalons longs le cacheront aux yeux des autres.

la nuit, 25 août 1940

Depuis que je suis enceinte, je me lève presque toutes les nuits. Je m'endors facilement, je suis même épuisée quand nous nous couchons, mais quelques heures plus tard, je me réveille en sursaut et il m'est alors impossible de me rendormir. J'ai maintenant pris l'habitude d'aller dans la cuisine et d'attendre le sommeil, parfois jusqu'au lever du soleil. Ces instants-là sont à la fois agaçants et précieux. Agaçants, parce que d'évidence je préférerais dormir. Précieux, parce qu'ils sont ceux où je suis seule, où je peux laisser ma pensée aller à sa guise.

Depuis quelque temps, je n'ai plus de nausées, j'éprouve presque une sensation de légèreté. Je n'ai toujours pas annoncé la nouvelle. Il faudra bien le faire un jour, je le sais, et pourtant la force me manque. C'est encore un secret entre elle et moi, je souhaite que ce le soit le plus longtemps possible. La force me manque aussi d'être heureuse, de me renseigner pour connaître la sage-femme des alentours. Je laisse tout cela pour plus tard, bien plus tard.

La nuit, je vais m'asseoir à la table de la cuisine et je pense à là-bas, à notre vie d'avant. Le silence de la maison me berce et des images reviennent à la surface de ma mémoire dans un ordre aléatoire. Des odeurs aussi,

souvent le parfum des orangers en fleurs surgit d'un recoin de mon cœur et embaume la nuit. Notre chambre d'Aranjuez, la finesse du fil de nos draps, la coiffeuse et le miroir la surplombant. Ce miroir qui reflétait l'image d'une femme dont la principale préoccupation du matin était d'assortir ses boucles d'oreilles à sa tenue. Cette Ama est si loin.

Je ne regrette pas d'avoir rencontré celle que je suis aujourd'hui. La vie s'est montrée à moi sous un nouveau jour, parfois sombre, mais toujours instructif et riche.

Qui oserait s'en plaindre ici ? Personne.

Depuis ma mésaventure avec le soldat allemand, et certainement aussi à cause des lessives répétées dans la rivière, mes mains se sont couvertes d'eczéma, de plaques sèches, et les démangeaisons sont parfois si aiguës que je ne peux penser à rien d'autre. Je me souviens encore de mes mains d'avant, mes mains de là-bas qu'Aïta aimait tant. La nuit, j'allume la petite lampe à pétrole et je regarde mon reflet dans le miroir. J'approche mes mains de mon visage et je compare la blancheur, le grain si fin de mes joues avec la peau rugueuse et rouge de mes doigts. Je suis devenue ces deux-là, l'une et l'autre. Mes yeux sont restés les mêmes, je distingue toujours, derrière leur prunelle, un éclat de rire.

L'autre soir, alors que j'étais là à m'observer, j'ai vu Iduri entrer dans la cuisine, faire trois fois le tour de la table, puis ouvrir la porte pour aller dans le jardin. J'ai compris qu'il était somnambule. Afin de ne pas entraver ses rêves, je ne l'ai ni appelé, ni réveillé. Mais, je l'ai suivi.

Une fois dehors, il a hésité un instant sur la direction à prendre, puis s'est dirigé vers le grand tilleul et a serré fort son tronc dans ses bras.

Iduri, dans la nuit, si petit au pied du grand arbre.

Je n'oublierai jamais cette scène. Il est resté là longtemps, puis est reparti par le même chemin, passant par la cuisine pour regagner sa chambre.

Après cela, je me suis dit que chacun dans cette maison avait ses secrets, ses voyages cachés, et que c'était bien ainsi.

Ama, après avoir fait les lits des oncles, s'empare des trois sacs en toile de jute dans lesquels ils ont entassé leur linge sale. Deux fois par semaine, elle va au ruisseau savonner, frotter chemises, pantalons, chaussettes et draps. Tout y passe. Les enfants l'aident à porter les sacs.

L'endroit est perdu au milieu des pins. Le ruisseau a creusé le sable et la glaise, formant de petites mares où la limpidité de l'eau permet de voir frétiller de minuscules poissons à la chair si translucide que seules leurs fragiles arêtes semblent bouger.

Ama remercie ses enfants de leur aide, puis les envoie jouer plus loin. Leurs frondes toujours glissées dans leurs poches, ils s'enfoncent en riant dans la pinède.

Restée seule, entourée de monticules de linge froissé, elle sort de la poche de son tablier le savon qu'Aïta lui fabrique, puis elle plonge ses mains dans l'eau froide, donnant ainsi à ses démangeaisons un instant de répit.

Agenouillée, elle contemple le reflet de ses doigts rouges qui se brouille, qui s'agite, qui file derrière les poissons. Elle tente à chaque fois d'en attraper un, sachant pourtant que leur habileté leur permet toujours de s'échapper sans difficulté.

Ama trempe ensuite les habits les uns après les autres. Elle savonne, frotte, bat, rince, puis recommence. Son rythme est régulier, sans heurts. Parfois, pour masquer l'ennui, elle chante des airs de son enfance, puis se tait à nouveau absorbée par la cadence de ses mains dans l'eau.

Alors qu'elle rince la dernière chemise et qu'elle s'apprête à appeler ses fils pour rentrer, des douleurs la saisissent. Sous l'effet de la souffrance, elle se lève brusquement. Elle connaît ces tiraillements, elle les a déjà subis avant ses accouchements. À l'instant où Ama réalise qu'elle a des contractions, du sang s'écoule sur ses cuisses. Prise de panique, elle hésite.

Je ne peux pas aller à la maison, personne n'est au courant.

Dans un élan soudain, elle s'empare de la chemise à peine rincée, la cale entre ses jambes et court tant bien que mal vers la forêt. À l'abri des regards, adossée à un pin, elle s'accroupit et regarde le sang qui surgit, qui ruisselle sur le sol et se faufile entre les fougères.

Lors d'une contraction, alors que son souffle s'altère, l'image d'un autre tronc d'arbre frappe brutalement son esprit. C'est le noyer perdu au milieu du champ, celui où une balle s'est incrustée juste au-dessus de sa tête, et l'a fait s'évanouir. Et subitement, ce ne sont plus des tiraillements qu'elle ressent, mais des coups de crosse.

Le silence qui l'entoure disparaît pour laisser place au ricanement de l'ange-soldat.

La vie s'épanche hors d'Ama et les souvenirs resurgissent. Elle reste longtemps, les muscles complètement raidis, la jupe relevée. Attendant que la vie fasse son travail de mort.

Elle ne sait pas combien de temps, le regard perdu à l'intérieur d'elle-même, elle s'est tenue là. Mais, peu à peu, le sang s'est tari et les douleurs se sont estompées.

Elle s'essuie maintenant méticuleusement avec la chemise mouillée. Elle attend encore un peu avant de retourner au ruisseau, pour s'assurer que l'hémorragie est bien finie.

À la mare, rien n'a changé, tout est comme avant. Elle rince la chemise, le sang se dilue dans l'eau froide en formant une légère traînée rouge.

Elle voit Iduri qui revient avec ses frères.

– Ama, on va t'aider.

– Oui, je veux bien.

Sur le chemin du retour, les enfants portent les trois sacs alourdis par le poids de l'eau, ils avancent tous les quatre lentement.

Arrivée à la ferme, Ama s'allonge sur son lit. Elle s'endort aussitôt, happée par un sommeil immaculé, délesté de rêves et de pensées.

la nuit, 9 septembre 1940

Hier, alors que j'étais au ruisseau pour laver le linge, j'ai perdu l'enfant que je portais. Elle s'en est allée.

J'ai d'abord senti mon ventre se retourner, se froisser. Les contractions m'ont prise sans prévenir. J'ai couru me cacher au pied d'un pin et je l'ai regardée partir. Elle s'en est allée dans la forêt.

Elle et moi étions dans le secret, maintenant il n'y en a presque plus.

Le pire n'était pas la souffrance physique, mais le visage de l'ange-soldat qui est venu s'immiscer soudain entre elle et moi. Il a surgi d'un coup et je ne pouvais plus le chasser de mon esprit. Les tiraillements étaient remplacés par ses coups de crosse.

Pourquoi est-il apparu à cet instant-là ?

La pensée m'effleure que ce sont ses coups à lui qui ont interrompu sa vie à elle. Et pourtant, je bannis d'emblée cette idée. Je préfère croire que c'est ainsi, que c'est la vie, le destin, s'il y en a un, qui a mis fin aux battements de cet autre cœur dans mon ventre.

Petite, si petite, déjà enfuie.

Je suis rentrée à la ferme avec les enfants, je me suis allongée sur le lit et me suis endormie aussitôt. La réalité et le rêve semblaient s'être inversés.

Ce que je venais de vivre était plus irréel, plus absurde que le plus improbable des cauchemars. Je me suis endormie en espérant retrouver l'existence que j'avais quittée sur le chemin du ruisseau, les bras chargés de linge sale.

Peut-être n'était-ce pas sur ce lit que je m'étais assoupie, mais à l'orée de la mare limpide ? Peut-être étais-je si fatiguée que le sommeil m'avait saisie là, les mains dans l'eau ? Peut-être était-ce Iduri qui m'avait réveillée en courant à ma rencontre avec ses frères ?

Oui, c'est cela. Près de la mare, j'avais dû m'endormir et le cauchemar était apparu immédiatement, sous la forme de l'ange-soldat. Le même qui, quelques semaines plus tôt, n'avait pas osé faire jaillir le sang de mon crâne, me retrouvait ce jour-là pour qu'il s'écoule de mon ventre...

Mais je n'ai pas rêvé, et c'est sur le lit que je me suis endormie. À mon réveil, Aïta était là, inquiet. Il ne m'avait encore jamais vue faire la sieste. Il m'interrogeait du regard.

Que pouvais-je répondre ?

Avouer signifiait tout dire, tout expliquer. Garder le silence, c'était ne plus porter l'enfant, mais pour toujours garder son secret. J'ai hésité et puis les forces m'ont manqué. Plus tard, je lui raconterai tout. Peut-être un jour, mais pas aujourd'hui. Pas encore.

« Pardonne-moi, Aïta, j'étais si fatiguée. » C'est tout ce que j'ai trouvé à dire.

Il m'a répondu : « De quoi t'excuses-tu ? »

J'ai baissé les yeux, préférant me taire.

J'ai bien compris que je n'ai calmé en rien ton inquiétude, mon amour. Mais, comprends-moi, je n'ai pas la force.

Demain peut-être.

Une nouvelle année scolaire commence, et Iduri, manœuvrant le guidon de son vélo avec dextérité, suit ses frères sur le chemin de l'école. Les yeux écarquillés, les joues rougies par la vitesse, il se sent prêt à tout explorer, à tout découvrir.

Le latin n'aura bientôt plus de secrets pour moi. Je pourrai enfin comprendre les messes basses d'Otzan et de Zantzu.

Le visage fouetté par le vent, Iduri laisse chaque pore de sa peau se préparer aux grandes découvertes à venir.

– À moi l'école et les amis ! s'exclame-t-il.

Les deux aînés connaissent bien cette route qu'ils parcourent pendant l'année scolaire quatre fois par jour. En effet, rester à la cantine serait trop onéreux, alors à midi ils reprennent leurs vélos et filent sur les sept kilomètres qui les séparent de la ferme, heureux de goûter aux plats savoureux d'Ama.

Malgré leurs trois ans d'écart, les aînés sont dans la même classe. Zantzu refrène difficilement sa curiosité. Il aimerait rester plus discret, mais il ne peut s'empêcher d'intervenir, de poser des questions afin de s'assurer qu'il a bien tout compris. Il trace son chemin, le jalonnant de logique et d'arithmétique. Il passe ensuite chaque détail par le filtre rationnel de sa pensée, l'éclairant à la lumière de ses connaissances accumulées, s'assurant enfin qu'il est totalement assimilé. Ainsi de suite sa vivacité et sa mémoire infaillible trient, jettent, recyclent avec patience le savoir enseigné.

Otzan, à l'intelligence plus intuitive et à la retenue presque maladive, se surprend souvent à rêver en classe. Il n'éprouve aucune difficulté à effectuer les exercices qui lui sont demandés, mais souvent la rêverie happe son attention. Surtout depuis sa discussion avec un aviateur anglais de passage chez les oncles qui, avant de s'engager dans la Royal Air Force, passait le plus clair de ses jours à écrire de la poésie. Le jeune aviateur, après un long voyage au Japon, était rentré en Angleterre, l'esprit débordant d'haïkus. Il en avait révélé le secret à Otzan.

Il existe donc un peuple lointain à l'écriture et à la langue incompréhensibles et qui pourtant pense comme je pense, rêve comme je rêve. « Haïku », maintenant que je connais ton nom, tu ne me quitteras pas.

Otzan s'exerce maintenant à tout instant, en oubliant parfois de suivre les instructions du père Jean, leur maître.

La cloche sonne midi et les trois frères remontent en selle. Le visage d'Iduri est moins rayonnant qu'à l'aller. Il est un peu déçu, ses camarades ne l'ont pas accueilli avec l'ardeur qu'il escomptait. Il a même senti un certain mépris. Lui, au caractère si franc et si rieur, s'est senti mal à l'aise sans pouvoir en définir la cause.

– Je finirai bien par les amadouer, se rassure-t-il.

Les jours suivants sont pour Iduri ceux de la composition et du travestissement. Il se souvient d'avoir lu dans l'encyclopédie de Mademoiselle Églantine la description du caméléon. Il se sent soudain beaucoup d'affinités avec cet étrange animal.

Qui veut que je sois blond, je le deviens. Qui veut que je sois sérieux, je le suis. J'ai aussi les poches remplies d'histoires drôles pour qui veut en entendre !

Finalement, sans trop de peine, Iduri se fait des amis. Ceux qui étaient d'abord méfiants se laissent apprivoiser par sa verve. Son sens de l'humour lui permet de retourner les situations les plus défavorables en une cascade de farces dont lui seul détient les secrets.

Il y en a un qui semble ne pas céder à la drôlerie de ses facéties, c'est le père Aubin. Le maître, fort de ses vingt ans d'enseignement dans cette école catholique pour garçons, a des idées aussi précises qu'arrêtées sur tout ce qui a trait à la discipline et à l'éducation. Il accueille donc avec flegme ce nouvel élève dont on lui a raconté la situation familiale.

Il juge rapidement que cette nouvelle recrue ne possède aucune des facultés indispensables pour parcourir les sentiers de l'excellence. Au premier regard, il décide donc de se désintéresser d'Iduri et de le placer au fond de la classe, près du poêle à bois. L'enfant comprend immédiatement que la mésestime dont il est l'objet est sans appel.

Il lui faudra quelques semaines pour découvrir l'arme fatale avec laquelle il pourra contrer ce dédain. Une arme enseignée il y a plusieurs années de cela par le cousin Juan : la caricature.

Le bestiaire à l'effigie du père Aubin commence, et croît à la même vitesse que la popularité d'Iduri. Les élèves se passent discrètement les dessins de la main à la main, contenant difficilement leurs rires et leurs exclamations.

Iduri caresse dans sa poche son petit crayon soigneusement taillé au canif. Il ne pensait pas qu'il deviendrait un si précieux allié. Le dessin avait jusqu'ici aidé son esprit à s'évader loin de la ferme, loin de l'ennui de ces longs après-midi d'hiver où il s'était retrouvé seul. Maintenant, avec le concours du crayon, il modèle la réalité à sa guise.

Une de ses plus grandes réussites a été la transfiguration du visage de père Aubin en singe. En quelques traits, le regard du maître s'est arrondi, s'est enfoncé sous des arcades sourcilières proéminentes, les lèvres se sont affinées, recouvrant avec peine une mâchoire rebondie ornée de deux belles canines, le nez s'est aplati, ne gardant de l'original que deux petits orifices sombres.

Le succès d'Iduri est alors total. Il le lit dans les regards admiratifs de ses camarades.

Un matin d'octobre, avant l'aube, toute la famille se retrouve dans la cour de la ferme. Le moment a été choisi pour tuer le cochon. Les enfants se sont réveillés très impatients.

Zantzu a aussitôt déclaré que ce serait lui qui touillerait le sang frais.

Aïta a soigneusement aiguisé son couteau, puis l'a glissé dans sa ceinture. Le plus difficile reste à faire : sortir la bête de son enclos. Il a toujours été intrigué par cette soudaine intuition du cochon qui devine que sa dernière heure a sonné.

L'animal, qui la veille était calme, commence à s'agiter dès qu'Aïta passe la tête à travers la porte. Ses oreilles sont dressées, son groin est relevé, ses pattes habituellement si paresseuses retrouvent toute leur agilité et décrivent des cercles. Le cochon ne s'est pas trompé, c'est bien lui que l'on vient chercher et non pas l'un de ses frères.

Aïta marque un temps d'arrêt, étonné une fois encore par cette science occulte du cochon qui sait que le moment de sa mort approche.

Les petits yeux noirs de la bête cherchent désespérément une sortie. L'abri d'ordinaire douillet devient brutalement une prison dont le geôlier détient deux outils fatidiques : la clé de la liberté et un couteau maintenu à sa ceinture.

Ils sont maintenant plusieurs autour de lui. Le cochon ne sait pas compter, mais il repère une multitude de bras et de jambes qui l'encerclent. Il se demande quand les planches de bois sur lesquelles il a plaqué tout son poids vont finalement céder. Il se débat avec rage pour empêcher que les cordes lui soient passées autour du cou et des pattes.

Brusquement, il est traîné, et ce ne sont plus les tuiles de l'enclos qu'il voit, mais le ciel. Un ciel gris et brumeux qui lui glace les sangs. Sa peau est égratignée par les irrégularités du chemin sur lequel on le tire, ses muscles cèdent un peu de leur résistance. Il comprend que ses efforts sont vains.

On l'attache solidement à une planche, il aperçoit entre ses cils blonds un enfant qui accourt muni d'un seau et qui s'accroupit juste en dessous de lui.

L'instant d'après, c'est la lame du couteau qui étincelle sous ses yeux. Et, soudain, il entend ce cri, ce hurlement qui sort de son propre corps. C'est lui le plus surpris de tous. Il n'imaginait pas qu'une telle force puisse, au dernier instant, sortir de lui-même.

Ensuite, plus rien.

Les longs cils recourbés restent immobiles, le corps rose se relâche, s'abandonne. Dans le silence de l'aube, on entend seulement l'avant-bras de l'enfant qui touille, de toutes ses forces, cette vie à peine trépassée, ce flot rouge, épais, chaud qui s'écoule dans le seau.

Ama a regardé toute la scène depuis la fenêtre. Ses mains sont crispées sur son ventre, son corps est secoué de larmes. Elle se retient de crier.

la nuit, 9 octobre 1940

Il y a deux jours, ils ont tué le cochon. Même si nous sommes très nombreux ici, cela nous fera de la viande pour une bonne partie de l'hiver.

Chacun était à son poste : Aïta pour le saigner, Zantzu pour recueillir le sang et le touiller. Les oncles et Otzan maintenaient la bête pendant qu'Iduri, prudent, se contentait de tenir la queue. Moi, je regardais la scène de derrière la fenêtre.

Impossible de faire un pas vers l'extérieur. Pourtant, ma bassine était à mes pieds, prête à recevoir les tripes. Mais une force me maintenait dans la maison, me suppliait de rester là, de me contenter d'observer, de ne pas m'approcher trop près de ce sang. Alors, je les ai épiés.

Le moment le plus dur est le cri du cochon. Ce cri, que nous attendons tous et qui néanmoins nous surprend à chaque fois, je l'ai pris en plein cœur. Il a transpercé mon âme, réveillé ma mémoire endormie.

Avant cet instant, j'ai vécu comme si de rien n'était, me forçant à ne pas penser, parvenant presque à nier ce qui s'était passé. J'en suis même venue à me demander si cette grossesse avait véritablement existé, si je ne l'avais pas inventée et le fait que personne ne soit au courant confortait mon illusion.

Le cri du cochon a bousculé ma mémoire, je me suis revue accroupie, perdant la vie. J'aurais voulu hurler en même temps que lui, mais mon cri est resté accroché à ma gorge, ne laissant passer que de maigres chuintements.

J'ai sangloté sans pouvoir détacher mes yeux du spectacle.

Les hommes rasent d'abord la bête. Ils vendront la majorité de la soie. Avec le reste, ils confectionneront des blaireaux et quelques pinceaux pour Iduri.

Le cochon est ensuite lavé à grandes eaux.

Je continue d'observer avec avidité la dextérité d'Aïta. Il commence par découper les deux pattes avant, puis la tête. Ensuite, de son couteau effilé, il longe la colonne vertébrale afin de déployer deux ailes rouges. Il la scie à ses deux extrémités. Une fois qu'il l'a ôtée, le ciel découvre les organes, qui peu d'instants auparavant, étaient encore cachés par des os, des muscles et de la peau. Les organes sont chauds, depuis la fenêtre je vois une légère buée qui s'élève de l'animal éventré.

Je suis fascinée, je ne ressens plus aucune douleur.

Aïta poursuit son œuvre méticuleusement. Il prélève les filets, les reins, le foie, éponge régulièrement le reste de sang, puis viennent la rate et les tripes.

Là, il me cherche du regard. Je sors en courant avec ma bassine, il la remplit, et je retourne aussitôt à la cuisine, les bras chargés de mon trésor fumant. Je recouvre le tout d'un couvercle et reprends mon poste à la fenêtre. Pour rien au monde je ne perdrais une miette de cette scène.

Aïta soulève et tire vers lui le lard qui se décolle délicatement des chairs. Puis c'est au tour des côtes, de la longe, et enfin des jambons, qui sont pressés afin que la dernière goutte de sang en soit extraite.

Aïta veut faire une pause, je les vois tous se diriger vers la cuisine. Alors je déplace rapidement ma bassine dans l'évier et je plonge mes mains dans les tripes. Je les lave, les retourne. Elles doivent être parfaitement propres avant de recevoir la chair à saucisse, à saucisson. La grand-mère vient et m'aide un peu.

Les hommes boivent un verre de vin dans la grande salle. Ils vont bientôt commencer à découper la chair en plus ou moins gros morceaux. Il faudra encore la saler, la poivrer et, avec la machine d'Aïta, la faire pénétrer doucement dans les petits tuyaux de tripes transparents et fragiles que je prépare.

Les hommes et les enfants s'égaient, rient. C'est un jour important. Les rires sont là aussi pour faire oublier que l'on vient de donner la mort et que l'on va se nourrir d'elle toute une année durant.

Et moi aussi j'oublie peu à peu, je me laisse entraîner par cette journée de labeur où les verres se remplissent, donnant du cœur à l'ouvrage, où l'on chante, où l'on se sent appartenir à une seule et unique famille.

Zantzu, après avoir touillé le sang vigoureusement, laisse le tout refroidir pour qu'Aïta puisse faire le boudin. Son rôle à lui est terminé, il va se laver les mains méticuleusement et racle avec la pointe d'un couteau le dessous de ses ongles afin d'éliminer les dernières traces coagulées. Dans la salle à manger, les hommes découpent la viande en petits morceaux. Ils sont tous venus prêter main-forte.

L'enfant a soudain une idée.

Et si j'allais maintenant dans la ferme des oncles. Ils sont tous ici, je n'y rencontrerai personne et peut-être trouverai-je enfin des renseignements...

Il sort discrètement par la porte de la cuisine. Ama ne remarque pas son départ tant elle est absorbée par le rinçage des boyaux.

Zantzu espère ne faire aucune mauvaise rencontre en traversant le champ qui sépare les deux fermes. Depuis la mésaventure d'Ama, plus aucun soldat n'est revenu se poster là.

Zantzu se dépêche, il court dans la brume matinale.

Pourvu que personne ne me voie !

Il avance si rapidement qu'il arrive essoufflé devant la porte restée ouverte. Quelques assiettes et tasses sales jonchent la table de la salle commune. Les hommes ont pris l'habitude de ne compter que sur le passage quotidien d'Ama pour l'entretien de la maison et de leur linge.

Les portes des chambres entrebâillées laissent apercevoir les lits défaits. Zantzu va directement dans la chambre de Sebastián. Il pense que ce dernier doit détenir les informations les plus importantes. Sur la table de chevet s'amoncellent des romans policiers en anglais, en dessous le pot de chambre n'a pas été vidé.

Le regard de Zantzu fait le tour de la pièce rapidement, chaque détail est catalogué dans son esprit. Sa mémoire est capable en un instant de se souvenir parfaitement de ce qu'il voit, de ce qu'il lit. Toutes ses facultés sont en éveil.

Il y a une valise dans un coin de la chambre, il l'ouvre. Rien que des habits.

Comme il l'avait fait à Hendaye, il regarde sous l'oreiller, sous le matelas, puis profite que le lit soit défait pour en inspecter chaque recoin. Rien.

Il y a aussi une petite armoire, quelques vêtements y sont suspendus. Zantzu, à la recherche d'une cachette, secoue chaque cintre, tente de soulever les planches de bois dont elle est bâtie. Rien.

Il prend une chaise dans la salle à manger afin de pouvoir se hisser au-dessus du meuble.

Soudain, alors qu'il est sur la pointe des pieds, une voix le fait sursauter et perdre l'équilibre. L'instant d'après, il se retrouve par terre devant Sebastián.

– Que cherches-tu ?

Zantzu est pétrifié. Il se demande pourquoi il n'a rien entendu, ni la porte d'entrée, ni les pas qui s'approchaient.

Sebastián, les sourcils froncés, le regarde toujours, attendant visiblement une réponse.

– Je cherche à comprendre, oncle Sebastián.

– À comprendre quoi ?

– Ce que vous faites et pourquoi on a dû partir. Pourquoi l'anglais ? Pourquoi tous ces gens ? Et les documents dont vous parlez, le mystère de vos activités, de la politique, de la guerre ?

Zantzu déverse ses questions sans respirer. Il y a tant de choses qu'il aimerait savoir.

– Je voudrais des réponses pour comprendre, pour me faire une idée. Depuis le jour où vous avez été déportés, je me pose la question : pourquoi vous ? Et aussi : qu'avons-nous fait ? Que faites-vous ?

Sebastián réalise soudain la manière dont les enfants sont liés à tout cela, comme ils vivent cette guerre et comme leurs esprits débordent de questions, de doutes, sans avoir jamais aucune réponse. Alors il relève son neveu et le prend doucement par la main.

– Allons nous asseoir, je vais t'expliquer un peu.

Pendant que Sebastián se prépare un café, le cœur de Zantzu bat à tout rompre.

Enfin, je vais savoir.

L'oncle s'installe en face de lui et semble hésiter quelques instants.

– Écoute, Zantzu, j'ai toujours su qu'il y avait en toi cette flamme, ce désir de connaissance qui te font comprendre des choses que d'autres n'ont même pas envisagées. Mais, aujourd'hui, nous sommes en guerre, et il y a des explications que je peux te donner et d'autres qui doivent rester dans le secret. Il en va de la sécurité de notre famille, tu saisis ?

Zantzu hoche la tête. Sous la table, ses jambes s'agitent nerveusement.

– Sache d'abord que je ne dirai à personne que je t'ai trouvé ici. Pour ce qui est du reste, c'est très simple. En Espagne, nous avons lutté pour que le pays reste une république. Le sort en a voulu autrement et le dictateur a maintenant fermé les frontières à tous ceux qui ne pensent pas comme lui. C'est pourquoi nous sommes là, en France. Nous avons été déportés à Gurs parce que la France et l'Allemagne se méfient de nous. Il n'y a qu'un seul pays qui semble nous soutenir, c'est l'Amérique. Alors nous lui fournissons des renseignements sur l'état actuel du conflit, les avancées des uns et des autres, l'Espagne aussi. Parfois, nous aidons des réfugiés à traverser l'Atlantique. Nous sommes en quelque sorte des passeurs de gens et d'idées. C'est tout ce que je peux te dire et ce que tu dois savoir aujourd'hui. Tu en sauras plus quand nous sortirons de cette guerre, et surtout quand le dictateur sera enfin déchu. Bientôt, j'espère. En attendant, étudie. Utilise ton intelligence autant que tu le peux, ne cède jamais à la paresse, et tu trouveras sur ton chemin d'autres réponses. Les tiennes.

Sebastián se tait. Zantzu n'a finalement pas appris grand-chose, mais il se sent grandi. On l'a mis dans le secret et son oncle lui a parlé comme à un adulte.

Bouleversé, la bouche tremblante, il le remercie et, prenant ses jambes à son cou, repart aussi vite qu'il est venu.

Les trois garçons sont couchés, le silence se pose sur leur chambre. Par la fenêtre, ils voient l'automne prendre le pas sur l'été. Le vent du soir est frais, les feuilles jaunies ne tiennent plus que faiblement aux branches.

Depuis plusieurs mois, Otzan raconte chaque soir à ses frères les aventures de l'ogre des steppes Cranof. Iduri adore ces histoires et agace Otzan en lui demandant d'en raconter aussi pendant la journée. Mais l'aîné résiste bien et parvient à garder Cranof comme un personnage nocturne. Il attend que lui et ses frères soient prêts à dormir. Ils écoutent un instant le vent tourbillonner à l'extérieur, puis il prend son souffle et commence.

Cranof est un tyran exécrable qui maltraite ses gens. Il est aussi d'une laideur terrible. Il ne reste que quelques mèches raides et sales sur son front luisant. Son nez est crochu, ses yeux tout petits et rapprochés. Sa bouche laisse entrevoir deux canines bien longues. Le dos courbé, il boitille, mais il ne faut pas se méprendre sur cette apparente infirmité, car sa force est colossale.

Il dévore tout sur son passage, les enfants s'enfuient à son approche. Certains n'ont jamais survécu à la tenaille fatale de son étreinte.

Quand Cranof ne tue pas, il gratte la terre. Il utilise ses ongles, taillés comme des dents de râteau affûtées. Ses gens disent qu'il creuse ainsi les tombes de ses prochaines victimes.

Iduri rit aux éclats et se délecte des images que raconte son frère. Ce soir, il apprend que l'ogre est aussi couvert de puces et qu'il passe ses journées à se gratter jusqu'au sang avec ses ongles pointus.

L'ogre des steppes ne se prive jamais d'être ridicule. Il s'oublie souvent et urine dans son pantalon en peau de chèvre. Et, chaque fois que cela lui arrive, Zantzu et Iduri applaudissent en s'exclamant :

– Encore, encore !

Otzan, de bonne grâce, ne bride pas son imagination et ridiculise autant qu'il le peut ce dictateur qui a obligé des familles entières à se séparer, à se haïr, à s'entretuer. Là-bas est devenu un pays aride où ne poussent que quelques arbustes sauvages aux troncs noueux, déformés par la sévérité du climat, où les fleurs ont disparu, où seules les tombes fleurissent.

Après avoir bien ri, les plus jeunes s'endorment, et Otzan reste encore longtemps les yeux ouverts à écouter le vent s'engouffrer dans les interstices de la fenêtre branlante.

Il se sent bien, il adore raconter à ses frères les aventures de Cranof, modeler les personnages et leurs vies à sa guise, être le maître absolu de la réalité. Il le vit comme une modeste revanche, une juste vengeance, se dit-il parfois, sur l'exil qu'ils subissent.

Le vent, après avoir traversé le fleuve
Et emporté nos souvenirs de là-bas,
Se pose un instant sur leurs paupières closes.

la nuit, 8 novembre 1940

Cette fois-ci, je ne me suis pas réveillée de moi-même pour écrire, ce sont les soldats allemands venus nous voler un jambon qui m'ont tirée brutalement du sommeil. Il y a quelques nuits de cela, ils sont passés chez les oncles. Ils arrivent lorsque toutes les lumières sont éteintes, quand la nature entière s'est tue.

Ce soir, ils n'ont pas cherché à être discrets. J'ai eu si peur en entendant le bruit des bottes dans la salle à manger que je me suis blottie contre Aïta en me retenant de crier. Nous sommes restés dans le lit, sachant que le plus prudent était de se taire et d'attendre. Sous notre porte, nous voyions passer par intermittence les faisceaux lumineux de leurs lampes torches.

Rapidement, ils ont repéré les jambons, suspendus dans leur papier. Ils n'en ont pris qu'un seul. Je me dis qu'ils doivent avoir faim eux aussi et je ne parviens pas à les haïr.

Me revient en mémoire le visage de l'ange-soldat, avec sa folie où se mêlaient aussi la guerre et sa peau si fraîche. Ceux qui sont venus cette nuit sont sûrement à son image, et je ne peux m'empêcher de sourire en imaginant avec quelle avidité ils vont déchirer le papier et découper la couenne, avec quelle impatience ils se partageront de larges tranches, essuyant la lame de leurs couteaux sur leurs uniformes, les yeux écarquillés de bonheur à la découverte de la chair fondante et salée.

Ils sont repartis après avoir pris leur butin, en prenant la peine de refermer la porte doucement derrière eux. Nous avons écouté leurs pas s'éloigner, puis Aïta a haussé les épaules en disant qu'après tout ce n'était que du jambon et il s'est rendormi aussitôt.

Comment fait-il ?

Il possède en lui cette faculté d'oubli instantané, d'enfouissement propre à sa force. Et je me suis retrouvée toute seule, les yeux grands ouverts. Il ne me restait plus qu'à me lever doucement et à aller dans la cuisine.

Là, j'ai pris mon petit miroir pour comparer mon visage à mes mains désespérément rougies, abîmées. Mais, pour la première fois, j'ai imité Aïta et j'ai haussé les épaules. Après tout, ce ne sont que des mains fanées, elles ont le mérite d'être encore là et de bien me servir, alors ne les maudissons pas trop.

Peu à peu je m'oublie, je me laisse aller. Avant, il y avait une sourde résistance, un sombre regret qui me tenaient crispée, incapable d'accepter pleinement notre condition. Maintenant, la vie glisse sur mon corps avec aise. Je n'attends plus rien, j'espère simplement peu de tristesse et beaucoup de lumière.

Otzan m'a parlé de ces poésies venues de loin, du Japon. Leur nom m'échappe et pourtant je me souviens de leur concision, de leur lien avec la nature et le temps.

Le silence de mes nuits
Transporte mon cœur engourdi
Vers l'aube incertaine.

Au petit matin, Aïta se retourne dans le lit et s'aperçoit que la place à côté de lui est vide.

Où est passée Ama ?

Il se lève précipitamment, s'habille et sort de la chambre. Il distingue dans la cuisine la faible lueur de la lampe à pétrole. Ama est là, elle s'est endormie sur la table, la tête posée sur un carnet, la plume tombée d'entre ses doigts.

Aïta s'approche, surpris de voir Ama qui ne bouge pas tant son corps est emporté dans un profond sommeil. Il lit les derniers mots qu'elle a tracés sur le papier jauni.

Le silence de mes nuits
Transporte mon cœur engourdi
Vers l'aube incertaine.

Il découvre, ahuri, qu'Ama écrit. Son cœur se serre, il lui semble découvrir la part d'ombre de sa femme, une autre dont il n'aurait jamais deviné l'existence. Ama s'est brusquement dédoublée.

Il la regarde, elle dort paisiblement. Ses pas ne l'ont pas réveillée, son étonnement non plus. Il est seul avec sa découverte sans savoir qu'en faire. Il cherche dans sa mémoire un autre moment où il l'aurait vue écrire. Il se souvient vaguement d'elle à Hendaye sur la table du salon, il y a si longtemps.

Il examine le carnet sur lequel est posée sa tête. Son épaisseur laisse présager qu'Ama a discrètement poursuivi son activité d'écriture.

Y a-t-il dans ce carnet des choses que je ne sache pas ?

Cette idée lui froisse un peu plus le cœur. Il est tenté de parcourir le carnet, même de la réveiller pour la questionner, puis il se ravise. Il préfère la laisser là avec ses secrets.

Dors, et que tes rêves soient doux.

Il lui caresse les cheveux, troublant un instant la régularité de sa respiration, puis il enfile ses bottes, prend son fusil de chasse accroché au mur de la cuisine et sort dans la nature embrumée.

Il marche à travers les pins. Seul l'accompagne le crissement des branches qui craquent sous ses pas. Le regard d'Aïta se perd entre les troncs et avance à l'intérieur de lui-même. Il se demande subitement pourquoi il a pris son fusil. Lui, qui habituellement aime tant être à l'affût du gibier, préfère à cet instant être aux aguets de ses propres émotions.

Être à l'écoute de mon propre cœur.

Il voudrait pouvoir s'expliquer pourquoi il a été si bouleversé de découvrir Ama endormie sur son carnet. Est-ce le fait qu'elle écrive ou bien est-ce de s'apercevoir qu'elle a une vie nocturne insoupçonnée ?

Avancer au plus près de mon cœur pour comprendre.

Il foule les fougères, s'enfonçant parfois dans le sol sablonneux, caressant lors d'arrêts impromptus l'écorce des pins. Aïta se sent à l'abri dans cette forêt. La guerre est loin, il n'est préoccupé que par l'image de sa femme endormie, doucement éclairée par la lampe à pétrole, la main abandonnant une plume secrète, inconnue de lui.

Ama, qu'y a-t-il en toi que je ne sache ?

Je connais ta constance, ton amour, ton dévouement pour nous tous, ton humilité aussi, et il me semble découvrir soudain que la guerre et l'exil, en ne t'éloignant pas de nous, t'ont forcée à creuser en toi un chemin secret. Ce chemin parsemé de doutes, ce sillon qui s'est inscrit en chacun de nous, te préserve du regard des autres. J'ai le mien aussi, je le distingue nettement à cet instant précis, mais je sais aussi que je peux l'oublier aussitôt.

Ama, je prie pour que ton âme ne soit pas rongée par la tristesse et les regrets. J'espère que tu trouveras encore des restes de joie et d'espérance.

Aïta se retourne soudain et parcourt en sens inverse le chemin qui l'a mené au cœur de la forêt et de lui-même. Il court, arrive rapidement à la ferme. Ama est debout dans la cuisine, le carnet et la plume ont disparu.

Elle le regarde entrer, l'œil interrogateur.

A-t-il vu ? A-t-il lu ?

Il la prend dans ses bras, la serre de toute sa force.

Ama, mon amour, que nos chemins se rejoignent toujours.

Les trois frères passent à toute allure dans les rues de la ville. Ils prennent toujours ce chemin pour aller à l'école, et maintenant que le froid s'est installé à nouveau, ils se réchauffent en pédalant aussi vite qu'ils le peuvent.

La fille de la boulangère les regarde passer et, chaque matin, l'œil ébloui, elle s'exclame :

– Ils sont fous, on dirait qu'ils volent !

Iduri enfourche sa bicyclette avec bonheur depuis qu'il a réussi à nouer de solides amitiés dans sa classe. Il s'intéresse peu aux matières enseignées, mais poursuit avec assiduité son bestiaire de caricatures. Pour celle d'aujourd'hui, une idée lui est venue la nuit dernière : le père Aubin en écureuil. La veille, il en a vu un creuser la terre à la recherche d'une noix cachée. Sa queue en panache, le lustre de sa fourrure, son roux inimitable l'incitent à glisser sous les traits vifs de l'animal le visage stupide du père Aubin.

Son crayon, parfaitement affûté, est dans sa poche. Les élèves s'assoient en silence, chacun à sa place respective. La sienne est toujours près du poêle.

Au chaud pour l'hiver, pense-t-il.

Le père s'approche de lui et lui murmure discrètement à l'oreille qu'il serait temps qu'Aïta leur livre du bois, le froid commençant à se faire ressentir.

– Bien mon père, répond Iduri.

En effet, c'est Aïta qui coupe et apporte le bois pour chauffer la classe. Iduri ne parvient pas à savoir si c'est par excès de générosité ou si c'est sa seule manière de pouvoir payer les frais de scolarité de ses trois fils.

Le père Aubin leur parle ce matin-là de géographie. Iduri n'écoute pas tant il est absorbé par son dessin. Le corps a déjà pris forme. Il se concentre à présent sur les yeux si expressifs et ronds de l'animal. Toute la difficulté est de les vider de leur ardeur et d'y laisser s'engouffrer l'arrogance du professeur.

L'enfant s'applique tant et si bien qu'il n'entend pas le maître arriver et brutalement lui arracher son carnet des mains. Iduri, incrédule, se fige sur sa chaise alors que tombent à terre toutes les autres caricatures glissées dans les pages de son cahier.

Le sol est soudain jonché de feuilles crayonnées, d'animaux ricanants et, dans le silence pesant qui s'est subitement abattu sur la classe, le père Aubin les inspecte les unes après les autres.

Iduri l'observe du coin de l'œil. Il remarque que les joues du maître rougissent, que sa respiration s'altère et, quand il balbutie : « Suivez-moi chez le directeur », l'enfant se lève si brusquement qu'il en fait tomber sa chaise.

Iduri talonne le père Aubin dans les longs couloirs de l'établissement. À travers ses yeux embués de larmes, il voit la soutane qui le précède s'agiter, presque danser.

Et dire que j'avais presque fini l'écureuil.

Arrivé dans le bureau du père Jonas, le père Aubin étale sur la table de son supérieur les caricatures saisies quelques instants plus tôt. Le directeur les examine avec attention, ses sourcils sont froncés, son air est sévère, mais Iduri perçoit dans son regard une brève lueur d'admiration.

Le père Jonas lève enfin ses yeux des dessins et observe maintenant intensément Iduri.

– Est-ce toi qui as fait tous ces dessins ?

– Oui, mon père.

– Sais-tu que ton impertinence est intolérable ?

– Oui, mon père.

– Tu resteras à l'étude chaque soir jusqu'à nouvel ordre.

– Bien, mon père.

Le directeur leur fait signe de quitter son bureau. Le père Aubin, indigné, réclame la destruction publique des caricatures. Le père Jonas, un léger sourire aux lèvres, lui répond :

– Je préfère les garder.

Le reste de la journée est désastreux pour Iduri. Ses camarades se moquent de lui, il a peur de la réaction d'Aïta. Jusqu'à son retour à la ferme, son esprit ne parvient pas à dépasser l'instant où le père Aubin lui a arraché des mains son carnet.

Comment se fait-il que je ne l'aie pas entendu approcher ?

Aussitôt arrivé à la ferme, et pour éviter de croiser ses parents, il court se cacher dans la forêt. Il s'enfuit sans savoir où ses pas le mènent.

Hors d'haleine, épuisé, il s'assoit enfin pour pleurer à l'abri d'un fourré de fougères. Et, quand il se décide à lever à nouveau les yeux vers le ciel, il a comme une vision : une petite fille est là qui ne s'est pas aperçue de sa présence.

Que fait-elle en cette fin d'après-midi glacial dans une clairière au milieu des pins ?

Elle est assise sur un tronc et cire ses chaussures, de jolies petites chaussures. Elle le fait avec tant d'application que rien d'autre ne semble exister. Et soudain, le cœur meurtri d'Iduri se gonfle d'amour.

Qui a pu créer tant de beauté ? se demande-t-il.

Iduri l'observe, l'avale du regard, retient dans sa mémoire tout ce qu'il peut : ses cheveux, la grâce de ses mains, les arabesques de ses bras, la finesse de sa nuque.

La petite fille disparaît aussi subitement qu'elle est apparue. Iduri voit sa silhouette s'en aller au loin, entre les pins.

la nuit, 2 janvier 1941

Je ne veux plus écrire. Fermer ce carnet pour toujours.

Est-ce parce qu'il ne lui reste plus que quelques pages vierges ? Ou parce qu'Aïta m'a vue ? Ou tout simplement parce que les mots se sont tus ?

Je ne veux plus aucune trace, plus rien de tangible. Que s'efface cette mémoire d'encre. Les mots m'ont accompagnée jusqu'ici, mais maintenant ils me tiennent prisonnière. Prisonnière de leurs griffes, de mes sentiments partagés entre la joie, l'amour, mais aussi l'angoisse et la mort. Les écrire les rend vivants, alors qu'ils disparaissent pour me laisser vivre l'âme légère à l'ombre du tilleul !

Avant d'arriver en France, je n'avais jamais écrit. L'exil m'a forcée à consigner chaque émotion, chaque silence. Afin de mieux les comprendre ? De soulager mon cœur ?

Voilà ce que je ne veux plus vivre : cette foule de questions qui s'abattent sur moi dès que je prends la plume.

Sortir dans le jardin, admirer le feuillage changeant des arbres, plonger mon regard dans l'infini du ciel et respirer la douceur du vent, sa froideur aussi.

Ne plus écrire, pour vivre le plus humblement possible, pour retrouver mon insouciance de jadis et déposer un baiser sur l'épaule d'Aïta.

Après toutes ces années passées ici, je me sens capable de délester mon âme du poids des souvenirs de là-bas. Les laisser encore un instant se promener librement sur la page et refermer d'un geste sec le carnet, puis le ranger et l'oublier.

Regarder les enfants grandir et laisser la vie glisser sur moi, accueillir ses joies et ses écueils avec simplicité. Parfois, du bout d'un sourire, murmurer quelques rimes, une chanson d'enfance.

Laisser à nouveau les rêves posséder mes nuits. Rire à la vue de mes mains fanées, ciselées de mémoire vive.

Aimer Aïta avec ce qui nous est donné ici, sans nostalgie. Oublier la guerre et ses morts, la guerre et sa démence. L'absurdité de nos jours.

Qu'avons-nous, à part ces instants posés, si proches les uns des autres qu'on ne distingue plus le lien qui les unit ? Cette trame si fragile qui risque à chaque instant de se rompre ?

Je veux danser, libre, et oublier les mots qui m'enchaînent. Et si j'espère encore retourner là-bas, je veux pouvoir vivre aujourd'hui sans être dans l'attente d'un lendemain meilleur.

J'ai compris, j'accepte maintenant que nos jours soient incertains. J'accepte aussi ce qu'ils recèlent d'inavouable et d'effrayant.

Combien de temps serons-nous encore ensemble, vivants, aimants ?

J'enferme ce point d'interrogation, je le placarde d'encre. Je laisse le silence de sa réponse s'exiler dans mon cœur et lentement irriguer mes veines.

Ama n'a plus écrit jusqu'à ce funeste après-midi de novembre 1949. Neuf années de silence pendant lesquelles les enfants ont grandi. Iduri est le seul à vivre encore à la ferme, Otzan et Zantzu étudient maintenant à Paris, où les oncles, depuis la fin de la guerre, continuent leurs activités de renseignement. Les grands-parents sont encore là. Le grand-père est malade depuis des mois, mais il vit comme avant, juste plus lentement, à petits pas.

Ama n'a plus écrit, elle a oublié l'existence de son carnet, jusqu'à cette journée d'automne où Aïta est parti en vélo rendre visite à des voisins.

Sur le chemin du retour, il a le cœur léger. Il pense à toutes ces années passées ici où le pire a été évité.

Ils ont survécu à la guerre, les aînés poursuivent de brillantes études. Iduri, adolescent, semble suivre le même chemin. Ama, depuis qu'ils sont moins nombreux à la ferme, a trouvé du temps pour nouer quelques amitiés.

En rachetant du terrain au propriétaire, ils sont devenus indépendants et, même si rien de tout cela n'équivaut à la richesse qu'ils ont laissée là-bas, ils sont heureux.

Nous avons réussi à sauvegarder l'essentiel : l'amour et la confiance qui nous lient les uns aux autres.

Le pied leste, Aïta pédale. Dans quelques instants, il retrouvera Ama.

Je traverse la grande route et j'y suis.

Il connaît si bien le chemin qu'il ne prend plus la peine de s'arrêter au croisement. Il se fie uniquement à son oreille.

Une voiture, il s'arrête. Pas de voiture, il continue. Mais aujourd'hui Aïta est trop absorbé par sa pensée et il n'entend pas la voiture qui s'approche. Le cœur léger, le pied leste, il avance.

Les platanes lui cachent la Citroën noire qui file sur la route. Soudain, le bolide le percute de plein fouet, et la violence de l'impact est si forte qu'Aïta ne ressent pas de douleurs, aucune souffrance, simplement de l'étonnement. Ses yeux surpris s'écarquillent.

L'instant d'après, ses pensées s'effacent toutes. Toutes, sauf une qui résiste, qui persiste. Alors que son corps s'est fracassé contre le tronc d'un platane, alors que son sang se mêle à l'écorce, il a cet ultime geste, cette ultime pensée.

Sa main tâtonne, s'accroche à la poche de sa chemise.

– La photo..., balbutie-t-il.

La vie, proie d'un hasard absurde, transporte son dernier souffle vers cette journée à Aranjuez où il a glissé la photo d'Ama et des enfants dans sa poche. Il voit le cliché jauni dans ses moindres détails.

Les ambulances approchent, les sirènes retentissent au loin. Ama ne sait pas encore.

Aïta n'est presque plus, mais un dernier souvenir le maintient en vie. Il les voit parfaitement tous les quatre. Ama, son sourire, et leurs trois fils. Le petit est dans ses bras, les deux autres s'accrochent à sa jupe. Il revoit le jardin et l'étoffe douce du vêtement d'Ama. Et, dans cet instant où la vie s'envole loin de l'arbre, loin de son corps, Aïta sourit.

Être ensemble, c'est tout ce qui compte.

Ama sait maintenant. Ils sont venus l'avertir.

Elle accourt et trouve Aïta le corps disloqué contre le platane. Sous la pluie de sang qui recouvre son visage, elle aperçoit un léger sourire, et c'est ce sourire qui la fait hurler, qui lui fait crier l'indicible.

Les événements s'enchaînent ensuite sans qu'elle puisse les suivre tant son esprit s'est arrêté sur l'image d'Aïta contre l'arbre.

Il y a le transport en ambulance, l'arrivée à l'hôpital où aucun médecin ne veut prendre en charge le blessé. Le médecin de garde, dans un relent xénophobe, explique avec le plus grand calme à Ama qu'il s'est occupé déjà de beaucoup de Français et qu'il n'a pas de temps pour les autres. Insistant sur ce dernier mot, il s'en va, prétextant la fin de son service.

Le médecin de garde suivant arrive cinq heures plus tard.

Trop tard. Il déclare Aïta mort.

Iduri a rejoint Ama. Assis sur le sol du couloir de l'hôpital, ils entourent le brancard sur lequel Aïta repose. Ils regardent, incrédules, sa tête entièrement bandée, son corps toujours si grand, cassé, désarticulé. Les bruits de pas et l'agitation ambiante passent sur eux sans les atteindre. Iduri serre Ama contre son cœur. Il la sent comme un oiseau fragile, perdu, hébété.

Les jours qui suivent sont recouverts par la brume du deuil et de son infinie tristesse. Otzan, Zantzu et les oncles sont arrivés de Paris pour l'enterrement. Une messe est dite, longue, fleurie. Ama a les yeux secs. Elle serre dans ses mains un missel et son petit carnet. Elle l'a retrouvé la nuit suivant la mort d'Aïta. Elle a écrit des mots secrets et doux, des mots intraduisibles, des mots de joie, de vie, d'amour destinés à celui qui sera mis en terre bientôt. Son homme. Aïta. Son unique, son dernier lecteur.

Ils vont au cimetière. Elle ouvre la marche. Derrière elle, ses fils, ses frères, ses parents. Ama s'agrippe au carnet. Il l'aide à avancer, à aller jusqu'au bout, jusque là au moins.

Le cercueil est posé au fond de la terre creusée.

Ama est la première à regarder la croix en bronze clouée sur les planches de bois qui recouvrent le corps d'Aïta. Dans son poing à elle, ni terre, ni fleur, mais un petit carnet à la couverture patinée où, entre les pages, elle a glissé son cœur, son désir et son dernier soupir d'amour.

Sans hésiter, elle jette le carnet, qui vient résonner sur le cercueil. Pour que son esprit à elle soit enfoui avec son corps à lui.

RÉALISATION : IGS-CHARENTE-PHOTOGRAVURE À L'ISLE-D'ESPAGNAC

CPI BUSSIÈRE

Cet ouvrage a été imprimé en France par
CPI Bussière
à Saint-Amand-Montrond (Cher)
en octobre 2013.
N° d'édition : 111306-2. - N° d'impression : 2005563.
Dépôt légal : août 2013.

Éditions Points

Le catalogue complet de nos collections est sur Le Cercle Points, ainsi que des interviews de vos auteurs préférés, des jeux-concours, des conseils de lecture, des extraits en avant-première...

www.lecerclepoints.com

Collection Points Les Grands Romans

P2674. Le Testament d'Olympe, *Chantal Thomas*
P2675. Antoine et Isabelle, *Vincent Borel*
P2712. Mon patient Sigmund Freud, *Tobie Nathan*
P2713. Trois explications du monde, *Tom Keve*
P2715. Shim Chong, fille vendue, *Hwang Sok Yong*
P2716. La Princesse effacée, *Alexandra de Broca*
P2737. La Jeunesse mélancolique et très désabusée d'Adolf Hitler
Michel Folco
P2738. L'Enfant des livres, *François Foll*
P2739. Karitas, livre I – L'esquisse d'un rêve
Kristín Marja Baldursdóttir
P2761. Caravansérail, *Charif Majdalani*
P2762. Les Confessions de Constanze Mozart
Isabelle Duquesnoy
P2801. Le Marquis des Éperviers, *Jean-Paul Desprat*
P2822. Le Roman de Bergen. 1950 Le Zénith – tome III
Gunnar Staalesen
P2850. Le Roman de Bergen. 1950 Le Zénith – tome IV
Gunnar Staalesen
P2851. Pour tout l'or du Brésil, *Jean-Paul Delfino*
P2864. Rêves de Russie, *Yasushi Inoué*
P2865. Des garçons d'avenir, *Nathalie Bauer*
P2903. Cadix, ou la diagonale du fou, *Arturo Pérez-Reverte*
P2904. Cranford, *Elizabeth Gaskell*
P2905. Les Confessions de Mr Harrison, *Elizabeth Gaskell*
P2906. Jón l'Islandais, *Bruno d'Halluin*
P2948. Les Mille Automnes de Jacob de Zoet, *David Mitchell*
P2949. La Tuile de Tenpyô, *Yasushi Inoué*
P2981. Karitas, livre II – L'art de la vie
Kristín Marja Baldursdóttir
P3003. Pour l'amour de Rio, *Jean-Paul Delfino*
P3004. Les Traîtres, *Giancarlo de Cataldo*
P3016. La Reine des Cipayes, *Catherine Clément*
P3017. Job. Roman d'un homme simple, *Joseph Roth*
P3037. Doña Isabel (ou la véridique et très mystérieuse histoire d'une Créole perdue dans la forêt des Amazones)
Christel Mouchard
P3057. Les Sœurs Brelan, *François Vallejo*
P3058. L'Espionne de Tanger, *María Dueñas*
P3071. Les Amoureux de Sylvia, *Elizabeth Gaskell*
P3072. Cet été-là, *William Trevor*
P3085. Quel trésor !, *Gaspard-Marie Janvier*
P3086. Rêves oubliés, *Léonor de Recondo*
P3087. Le Valet de peinture, *Jean-Daniel Baltassat*
P3102. Relevé de terre, *José Saramago*